# 王子様なんて、こっちから願い下げですわ!

~追放された元悪役令嬢、魔法の力で見返します~

1

# 登場人物紹介
*characters*

## アルバート

テオフィルス王国の王太子。冷静沈着で、普段は感情を他人に見せない美青年。幼い頃からセシリアには特別な想いを抱いているようで…？

## セシリア

元ブラッドリー公爵令嬢。アンジェリカの登場により、王国から追放されてしまう。負けず嫌いで、情に厚い一面もある。

ライオネル
パーシヴァル王国の王太子。セシリアの元婚約者。元は尊大だが茶目っ気があり親しみやすい性格だった。
レオン
ブラットリー公爵子息。元は陽気で優しい性格だったが、魔女の術により変わってしまった。
レイリ
全身黒い服に覆われた、謎多き魔女。自由気ままな性格で、誰にでも分け隔てなく話す。
ヒパティカ
セシリアの守護精霊。好奇心旺盛でやんちゃ。心身共に成長過程で、よく食べる。

# 目次

むかしむかし、それは未《いま》だ大地に果てがなく、国という概念がなかった時代。

人間は、魔女と呼ばれる不思議な力を持つ人々と共に暮らしていた。

魔女は老いることがなく、一様に人の言葉を理解する不思議な獣《けもの》を連れていた。自在に水を生み出す魔女や、風を操る魔女。歌で心を癒やす魔女や、遠い未来を見通す魔女など、彼女たちはそれぞれに違う奇跡の力を持っていた。

そして長年蓄えた叡智《えいち》によって人々を教え導いた。

人間もまた彼女らを尊敬し、魔女たちの言うことをよく聞いた。それは争いのない平和な時代だった。

だがある時、人間の中に魔女の存在に疑問を持つ男が現れた。男は人々を説得し、時に力で制圧し、大地に線を引いて国を創《つく》った。

男は魔女たちの影響力を恐れ、彼女たちにあらぬ罪を着せ己の国から追い出した。

時が流れ、男と同じように国を創る者たちが現れる。

彼らもまた、男と同じように魔女たちを排斥《はいせき》した。やがて大地が線と国で埋め尽くされた時、もう魔女はどこを探しても見つからなくなってしまった。

魔女がいなくなってから長い月日が流れ、人々は混沌の時代を経験した。

人々は国と国に分かれて争い、いくつもの国が滅んでは生まれるを繰り返した。

中には昔を懐かしんで魔女を探した者もいたが、どこを探しても、姿を消してしまった魔女を見として子どもを楽しませるものとなった。

おとぎ話の末尾はいつも、こう締めくくられている。

老いることのない魔女たちは、人に紛《まぎ》れて未だにどこかで生きているのかもしれません。

もしかしたらほら、あなたの近くにも——。


つけ出すことはできなかった。

やがて魔女は、おとぎ話の中で語られるだけの存在になり果てた。

その不思議な力も、連れていた不思議な白い獣のことも、人々は忘れ去りただ作り話の中の存在

# プロローグ

ある日、王様がなんとも馬鹿げたお触れを出した。

『我が国の王太子に愛を教えた者には、それに見合った褒賞《ほうしょう》と共に王太子妃の位と与える』と。

未婚の女たちは狂喜した。

なぜならその相手の条件は『妙齢の女性』のみで、身分に関する縛りが一切存在していなかったからだ。

つまり、どんな身分の女性も、若ささえあれば王太子妃――いずれは王妃になれる可能性を提示されたということである。

お針子《はりこ》として働いている私は、そのお触れを聞いたとき、なんて馬鹿げたことをするんだと心底呆《あき》れた。

なぜなら身分違いの恋愛は、周囲を不幸にこそすれ幸せになることは絶対にないと知っていたからだ。

共に働いているお針子の少女たちが、お触れについて朝からずっと盛り上がっている。

それでもその手は休むことなく動き続け、私よりもよっぽど上等な服を縫い上げるのだから、大したものだ。

最近この国にやってきたばかりの私は、少しでも彼女たちの技術に追いつこうと必死で目の前の仕事に取り組んでいた。

今まで刺繍《ししゅう》がうまいと誉めそやされてきたけれど、所詮そんなものは手習いにすぎず、短い時間の中で売り物になる服を縫い上げるのは全く別の技能なのだと、もう嫌というほど思い知らされていた。

けれど、人より自分が劣《おと》っているという状況にいつまでも甘んじてはいられない。

ただでさえ、私は手が遅いからと普通より賃金を減らされているのだから。

「ねえ、そんな必死になってないで。最近この国に来たばかりだから知らないのかもしれないけど、この国の王子様は大層な美男子で有名なんだ。あんたも当然、王太子妃に選ばれたいと思うだろ？こんなとこで燻《くすぶ》ってないでさ」

突然話の矛先がこちらに向いたのを感じ、私は手を止めた。

せっかくの金髪はごわつき、薄紫色の瞳には倦《う》んだ色が浮かんでいるはずだ。今の私に身だしなみを気にするような余裕はない。

けれどそんな私を、他のお針子たちが馬鹿にしていることも知っていた。

はすっぱな物言いに追随《ついずい》するように、楽しげに話していた少女たちがくすくすと笑う。

リーダー格の少女が、椅子から立ち上がり獲物をいたぶる肉食獣の目でこちらを見下ろしていた。

最初は親切に迎え入れてくれた彼女たちも、私の傷一つない手を見た瞬間がらりと態度を変えた。

彼女たちは私のことを、甘やかされて育って没落した世間知らずの商家の娘だと思っているし、その予想は大きく外れてはいない。

『侮《あなど》られてはいけません。弱みを見せればすぐに蹴落《けお》とされます』

幼い頃から、嫌というほど家庭教師に言い含められた言葉が蘇った。

私はその言葉を指標に、今日まで歯を食いしばって生きてきたのだ。

そう――生まれついた身分をはく奪され、絶望のどん底に叩きつけられようとも。

こちらを楽しげに見つめていたお針子の少女を、まっすぐに見据《みす》えた。

たとえ今はお針子であろうと、ボロを纏《まと》い肌は日に焼け顔を隠すために前髪を鬱陶《うっとう》しく垂らしていようとも。

貴族として生まれ、未来の王妃として養育されたこの矜持《きょうじ》だけは、誰にも奪うことができない。

私を追い落とした者がいくらあざ笑おうとも、私は与えられた環境の中で生き抜いてみせる。絶望したりなんてしない。決して。

こちらの怒りが伝わったのか、いつの間にか少女たちの笑い声は止《や》んでいた。部屋の中はしんと静まり返っている。

私をからかおうとした少女の顔が、引きつっていた。

そんな生半可な覚悟ならば、初めから喧嘩を売るようなことなんてしなければいいのに。

そう思いつつ、私はぼそぼそと低い声で彼女の問いに答えた。

「王子様なんて、私には相応《ふさわ》しくありません」

そう言うと、張りつめていた部屋の空気が一瞬にして弛緩《しかん》した。

いけないいけない。元の身分が悟られるようなことは、絶対にあってはならないのに。

私は自分をなだめすかし、さえないお針子娘の仮面をかぶり直した。

「そ、そうよね。あんたなんて野暮《やぼ》ったいただのお針子娘だもんね」

そう言ったすぐ後に、自らの言葉が深く刺さり込んだらしく、彼女は倒れるように椅子に座り肩を落とした。

たくさんの少女たちが詰め込まれた部屋に、重い沈黙が立ちこめる。

「あんたたち、くだらない話をしてないで少しは手を動かしておくれよ。こっちはオーナーに言いつけてもいいんだよ?」

そのとき、事態を見かねた年かさのお針子がぱんぱんと手を叩いた。

その声に促《うなが》されて、私も視線を手元の布に戻す。

仲裁に入ってくれた女が、私の肩を叩いて言った。

「あんたもまだ若いんだ。相応しくないなんて自分を卑下《ひげ》することないさ」

それは優しい声だった。

私は小さく頷《うなず》くと、遅れを取り戻すためすぐに仕事に戻った。

それにしても、彼女はどうして私が自分を卑下しているだなんて思ったのだろう。

——顔が綺麗なだけのポンコツ王子なんて、私には相応しくないと正直に言っただけだというのに。

# 第一章　母と王子様と私

夕刻。

仕事を終えて帰路に就く。

私が暮らすのは、よそ者やならず者が多く、お世辞にも治安がいいとは言いがたい区画。

暗くなってから出歩いていたら、何が起こっても文句は言えないような場所である。

現在の住処《すみか》はようやく雨風を凌《しの》げるようなあばら屋だが、それでも一刻も早くそこに逃げ込まねばならなかった。

いくら髪で顔を隠しボロボロの服を纏っていようと、若い女が独り歩きをして無事でいられるとは思えない。

今にも崩れそうな家屋の三階に、その部屋はあった。

一階には口うるさい大家が住んでいる。

その機嫌を損《そこ》ねないよう、ギシギシ鳴る階段をそろそろと上った。

建付けの悪いドアを開けると、すえた臭いが鼻についた。

その中では死んだ目をした女が、私を出迎えるでもなくぶつぶつと何か呟《つぶや》いている。

彼女こそが、私と一緒に公爵家を放逐《ほうちく》された母だ。

半年前に公爵夫人という地位を失って以来、こうしてほとんど意思の疎通ができない相手に変わってしまった。

美しかった容姿は、見る影もない。

「お母さま。またパンをお召しにならなかったのですか？」

朝置いていった固く黒いパンが、テーブルの上にそのままの形で残されていた。

もはや生きる気力が湧かないのか、母は食事すら嫌がっている。

生まれた時から絶えず美食に慣れ親しんできた母には、固くて酸味のある黒いパンはどうしても受け入れがたいのかもしれない。

だが、以前食べていたような白いパンは、巷《ちまた》では売られていない。お抱えのパン焼き職人を持つ一部の富裕層だけが食べられる贅沢品《ぜいたく》だ。

一介のお針子娘が手に入れられるような品ではない。

「食べなければお身体を悪くします。どうかお召しになってください」

そう言って千切った黒いパンを口元に近づけてみるが、やせ衰えた腕のどこにそんな力が残っていたのか、不快なものを近づけるなと言わんばかりに撥《は》ね除《の》けられてしまった。

「＊＊＊＊！」

それを契機に、置物のように固まっていた母が甲高い声で何かを叫び始める。

私は周辺諸国のいくつかの言語を話すことができるが、母の言葉の意味を理解することはできなかった。

時折、「お前のせいで」とか、「お前さえいなければ」といった言葉がかろうじて判別できる。

私は落ちたパンを拾い、それで簡素な夕食をとった。


そもそも公爵の娘である私がどうしてこんな生活をしているのか。

全ての始まりは、父が愛人とその娘を王都にある本宅に住まわせるという暴挙に出たことだった。

貴族が愛人を持つのはさして珍しいことではないが、それを己の夫人と一緒にタウンハウスに住まわせるというのは常識外れの蛮行と言えた。

勿論母も、そして私もそれだけはやめるよう父を諌《いさ》めたが、その言葉が受け入れられることはなかった。

やがて屋敷に連れられてきたのは、茶色い髪に同じ色の目を持つ凡庸《ぼんよう》な女と、その女と同じ髪色ながら父と同じ青い目を持つ少女アンだった。

彼女が父の子であることは明白だった。

なぜなら王族の血を引く父の持つ深い青の瞳はロイヤルブルーと呼ばれ、王家の血を受け継ぐ者以外には決して現れることのない格式高い色だからだ。

一方で父方の祖母から受け継いだ私の目は薄紫で、残念ながら王家の色を受け継ぐことはできなかった。

アンは貴族風にアンジェリカと名を改めると、理解できない手管《てくだ》でたちまち周囲の人々を掌握していった。

私の弟であり公爵家の跡継ぎであるレオンを筆頭に、次期宰相《さいしょう》と呼び声高いリンデン伯爵の息子クリストフ。剣技に秀《ひい》でた将軍の息子バーナード。隣国の王子のアルバート。そして私の婚約者だった王太子のライオネル。

特にこの五人のアンジェリカに対する心酔《しんすい》ぶりは驚くべきものがあった。

まるでおとぎ話に出てくる乙女に傅《かしず》く騎士のごとく、全ての悪意からアンジェリカを守り、そしてアンジェリカの敵は即ち悪と断ずる入れ込みようだったのだ。

私は何度も、弟や幼馴染である彼らに彼女にばかり入れ込むべきではないと進言したのだが、その訴えが聞き入れられることはついぞなかった。

それどころか、アンジェリカに嫉妬しているから彼女を悪く言うのだろうという不名誉な疑いまでかけられた。

今思い返してみても、どうして彼らがあそこまでアンジェリカに肩入れしたのか不思議で仕方ない。

彼らは良くも悪くも疑り深い貴族の男で、家族にすらそうたやすくは心を許さない人たちだったというのに。

ともかく、そんなやり取りが続くうちに、私にはアンジェリカに嫉妬して彼女に嫌がらせをしているという悪評が立つようになった。

使用人たちもいつの間にかアンジェリカ親子に味方するようになっており、屋敷内での立場もどんどん悪くなっていった。

けれどそれでも、まさか生まれた頃から決まっていたライオネルとの婚約が破棄されるとは夢にも思っていなかった。

それどころか私は母の不義の子であるというあらぬ疑いをかけられ、こうして母共々市井《しせい》に放逐されることとなったのだ。

今でも耳に残っている。

アンジェリカがこっそりと呟いた、「あんたが『悪役』だからいけないのよ」という謎の言葉が。

＊＊＊

さて、私が今いるのは母国の隣にあるテオフィルス王国だ。

母と共に公爵家を放逐された私は、身に着けていたドレスや宝石をお金に換え、一目散に隣国へと逃れた。

なぜならアンジェリカのシンパは本当に広範囲に存在していて、公爵家という後ろ盾を失えばいつどこで誰に危害を加えられるかわからない状況だったからだ。

また、母の不貞を理由に離縁に至ったせいで、母の実家を頼ることもできなかった。母方の祖父母は公爵の怒りが自分たちに及ぶことを恐れ、私たちとは縁を切り今後一切関わらないと明言していた。

誰も頼る人がなく、逃げるしかなかったのだ。

私と母は元の身分を隠し、ただの平民としてこの国にやってきた。

女二人、国から国へと旅するのは容易《たやす》いことではない。

途中護衛に雇った傭兵にお金をだまし取られたりもした。

唯一幸運だったのは、行き倒れになっていた親子から身分証を拝借できたことだろう。

私はセシリア・ブラットリーという名前を捨て、身分証にあるピアという名前を名乗ることになった。おかげでかろうじて、このテオフィルスでの居住権を得たのだ。

だがこの国に辿り着いたときには、ほとんど無一文のような状態だった。

公爵令嬢である頃はあまり意識したことがなかったが、生きていくためにはどうしてもお金が必要だ。

そこで私は嗜《たしな》みとして覚えていた洋裁の腕を活かし、王都にあるテイラーでお針子として働くことにした。

本当は通訳をした方が実入りがいいのだが、外交や商取引に関わる通訳になるには後ろ盾と身だしなみを整えることのできる生活基盤が必要だった。

なので、今は地道にお金を貯めて、いつか通訳かあるいは上流階級の子どもたちを教える家庭教師になれればと思っている。

そのために、夜は書籍の翻訳をして小金《こがね》を稼いでいる。

だが万が一にも母国の人々に居場所がばれるようなことがあってはならないので、それらの職につくのは慎重を期さねばならないだろう。

私はもう誰も信じないし、誰に何をされようが傷ついたりしない。

母は不義などしていない。

それは父方の祖母の色を受け継ぐ私の目が証明している。

父はきっと、私たち母子がどこかで野垂れ死ぬと思っていたに違いない。

だから生きるために足掻《あが》くことこそが、父やそして私を見捨てた人たちへの復讐なのだ。

＊＊＊

それからしばらくすると、最初にお触れが出たときの熱狂はだんだんと収まっていった。

なぜなら王太子であるアルバートが、押し寄せる女たちを全て拒《こば》んでいるからだそうだ。

先ごろまで私の母国であるパーシヴァルに滞在していたアルバートは、アンジェリカに魅了された男たちの内の一人だった。

パーシヴァルへの遊学から戻ったことになっているが、実のところアンジェリカを巡るいざこざで連れ戻されたに違いないと私は見ていた。

なぜなら私の婚約破棄以前から既に、アンジェリカを巡る恋のさや当てはかなり深刻なところまできていたからだ。

見目麗しく才能豊かな男たちがアンジェリカの寵《ちょう》を競って争う様《さま》は、あまりにも常識外れでなおかつ醜悪だった。

アルバートはまだ冷静で外交上の問題にならないよう行動を律していたように思うが、すぐにその我慢にも限界がくるであろうことも目に見えていた。

そして私の予想通り、アルバートは私がこの国に来てから間もなく、遊学から帰国したという訳だ。

私は記憶の中にある彼の顔を引っ張り出す。

艶やかな黒髪と私よりも濃い青紫色の瞳を持つアルバートは、理知的で物静かな王子だった。

元婚約者であるライオネル同様彼も古い顔なじみで、幼い頃は一緒に遊んだこともあったように思う。

けれどアンジェリカに心奪われた彼は、ライオネルや私との友情を撥ね除け、どんどんアンジェリカに傾倒《けいとう》していった。

その成り行きは弟のレオンや婚約者のライオネルが彼女に魅せられていった過程とあまりに似ており、その頃には私も「またか」という感想しか抱けなくなっていたのだが。

あの頃のことを思い出すと、今も腸《はらわた》が煮えたぎるような怒りと、同時に徒労感を覚える。

特に不快だったのは、男たちの諍《いさか》いをアンジェリカが止めもせず楽しげに笑って見ていたことだろうか。

自分が原因でどんな問題が起ころうと、アンジェリカは自分には何の責任もないとばかりに笑っていた。

それどころか、喜んですらいたようにも見えた。

次期国王である王太子と、将来の家臣として彼と親しく付き合っている青年たちの諍いは、社交界に混乱をもたらした。

いいやそれだけではない。

そんな争いは王家の求心力を低下させるという弊害まで齎《もたら》したのだ。

だが何度彼らを諫めようとしても、耳を貸さないどころかアンジェリカに害意を持つ者として敵視される。

婚約破棄の直前には、もうパーシヴァルの未来なんてどうでもいいと思えたほどだ。

むしろ婚約破棄されたおかげで、将来の王妃としての責務から解放されるとわずかな喜びさえ感じた。

それほどまでに、あの国はアンジェリカ一人の手でかき乱されていったのだ。

「聞いた？　王子様、会いにきた女たちを一様に撥ね付けているそうじゃないか」

「どんな美しい娘だろうが目もくれないいんだってね。まさかおかしな趣味でもおありになるんじゃ……」

まことしやかにそう噂されるようになったのは、お触れが出て半年が経った頃だった。

彼が帰国して、そろそろ一年になる。

まだアンジェリカが忘れられないのだろうが、平民にまでこんなことを噂されるようでは王子失格だ。

王族の最も重要な仕事は、将来に子孫を残すことである。直系の子孫が途絶えれば後継者争いが起こり国が荒れてしまう。

故に王太子の結婚は、国民の重要な関心事なのだ。

ましてアルバートは今年で二十一歳になる。この年で結婚していないどころか婚約者もいないというのは、王族として異常事態だ。

だが、今の私にはそんなことは関係ない。

お針子と翻訳の内職で順調にお金を貯めた私は、近頃ようやく身なりを整え通訳としての仕事ができるまでになっていた。

本当はもっと時間がかかると思っていたのだが、私の翻訳した文章を見て本を商《あきな》う商人が専属で雇い入れてくれたのだ。信じられないことに支度金までも工面《くめん》してくれた。

私はお針子を辞め、支度金で治安のいい場所に移り住んだ。そのおかげか母の状態もかなり改善されたように思う。

今では昼夜問わずわめき散らすようなこともなくなり、少しずつ現実を受け入れることができているようだ。

このまますべてがうまくいくような気がした。

だが、穏やかな日常の中にもふとしたところに悪魔が潜《ひそ》んでいるものだ。

もう誰も信じまいと思っていたというのに、そのときの私はすっかり油断していた。

＊＊＊

「ピア、客人にお茶を持っていってくれ」

店主に命じられ、私は応接間に向かった。

名目上通訳として雇われているものの、その実態は奉公人《ほうこうにん》に似ており、命じられれば雑用でもなんでもやった。

しかし書物というのは基本的に文字が読める知識層のものなので、それを扱う商人も品がよく裕福であり、決して虐《しいた》げられるようなことはなかった。

というわけで、命じられた通り客にお茶を運んでいった私だったが、そこで思わぬ再会が待っていた。

「セシリア……」

部屋の中で昔の私の名前を呼ぶ人物こそ、この国の王太子であるアルバート・ブレア・テオフィルスその人だった。

「人違いではありませんか?」

そう言ってにっこり笑うと、私は咄嗟《とっさ》にそのまま扉を閉めてしまった。

扉を閉めた後、混乱する頭の中を必死で整理した。

部屋の中にいたのは見覚えのある男で、自分のことをセシリアと呼んだ。

つまり既に自分が誰だかばれてしまった可能性が高いということだ。さっきの台詞《せりふ》で誤魔化せたとはとても思えない。

アンジェリカに魅了された彼にとって、私は幼馴染以前に不倶戴天《ふぐたいてん》の敵もいいところだろう。

どこかで野垂れ死んだと思っていた女と再会したのだ。見つけたのをこれ幸いと、私を捕らえさせてそれを手土産にアンジェリカに会いにいこうとする可能性すらある。

ならばこの場から逃げるべきか。

やっと安定した生活を手に入れたというのに。

私は逡巡《しゅんじゅん》した。

やっと状態が落ち着いてきた母を、再び寄る辺《べ》のない旅になど連れていくことはできない。

最初の旅は呆然自失としていたからまだ良いようなものの、今度連れ出せばどんな反応をするか。

夜中に叫び暴れる母をなだめすかし、泣きたいような気持ちで朝を待った日のことを思い出した。

翌朝、これ以上騒ぐようなら部屋から出ていってもらうと大家に言われ、それ以降はすり切れた毛布を二人で頭からかぶって母を押さえつけていた。

あの若々しかった母が短い間に見る影もなくやつれ、その顔は別人のように険しくなった。

肌に爪を立てられたことや、噛みつかれたことは一度や二度ではない。

生活に疲れ、このまま母を見捨ててしまおうかと考えたこともあった。

それでもやってこられたのは、そんなことをすれば父やアンジェリカの思うままになるようで、悔しかったからだ。

その苦難をやっとのことで乗り越えたというのに、アンジェリカの残り香が再び私の居場所を奪おうとしている。

頭の中をものすごい勢いで様々な考えが過《よぎ》った。

このまま飛んで帰って母を連れ出すべきか。

それとももう一度部屋の中に入って、私はセシリアではないと改めて否定するべきかと――。

それは一瞬のようで、永遠にも思える時間だった。

目の前でガチャリとノブが回り、私は我に返った。

突然殴りつけられたらどうしようと思い身が竦《すく》んだが、顔を出したのは見たことのない男だった。

どうやら先ほどは気がつかなかったが、部屋の中にはアルバートの他に護衛の騎士がいたようだ。

ならば少しは安心できる。

アンジェリカに会ったことのない騎士ならば、アルバートが突然私に殴り掛かってきても、さすがに止めてくれるだろう。

そもそもアルバートは人を殴るような男ではないのだが、アンジェリカによって人が変わってしまった人間を見過ぎたせいで、どんなに用心してもし過ぎるということはないのだった。

「どうぞ、こちらへ」

顔を出した従者に促されるまま、私は部屋の中に入った。

茶器の載ったカートを危うく忘れそうになり、それを押してゆっくりと部屋の中に足を踏み入れる。

中にはアルバートと騎士の他に、眼鏡をかけた従者が一人いた。

彼には見覚えがある。確か遊学にも同行していたセルジュという男だ。

刺さるような視線を感じながら、私は粗相《そそう》をしないよう慎重にお茶を淹《い》れた。

そんな私を、アルバートの青紫色の瞳がじっと見ている。

「セシリア……」

その声には悲哀の響きがあった。

私は意外に思う。

一体何に、彼が悲哀を感じるというのだろう。

「先ほども申し上げましたが、どなたかとお間違えではないかと」

通訳になるために前髪を切ったのは失敗だった。

あるいは髪を短く切ってしまうべきだったか。

身ぎれいにした私は、あの頃と大きな差異はない。

ただ一歳年を取り、手はかつてと比べようもないほど荒れてしまったが。

「では、お名前を伺《うかが》ってても構いませんか?」

アルバートが何か言うのを遮《さえぎ》るようにセルジュが口を開いた。

彼も私の顔は知っているはずだが、気づかないふりをしてくれるつもりなのかもしれない。

「ピアと申します。姓はございません」

「ピア」

アルバートが躊躇《ためら》いがちに、行き倒れになった娘の名前を呼ぶ。

かつての知り合いに新たな名前で呼ばれたことで、私はかつての自分こそが死んでしまったような妙な気持ちになった。

「ピア、私は――」

アルバートが何か言おうと口を開いたとき、またしてもそれを邪魔するように扉をノックする音が響いた。

やってきたのは私の雇い主である商会の店主だ。

私は慌《あわ》てて頭を下げると、逃げるようにその場を辞した。

今ここで逃げても何の解決にもならないとわかってはいたけれど、せめて見なかったことにしてほしいと、残っているかもわからないアルバートの恩情に期待したのだった。

＊＊＊

けれど、神は無慈悲だった。

「ピア、アルバート殿下がお召しだ。明日の午後どうしても城に来てほしいと」

アルバートを送り出した後、少し困った顔をして店主が言った。

彼が困った顔をしているのは、きっと私が絶望的な表情をしているからだろう。

城に呼びつけて、私を一体どうするつもりなのか。

かつての婚約者だったライオネルのように、衆人環視の中で断罪でもしようと言うのか。

身分の詐称《さしょう》は、確かに罪だ。

だがそうするしかなかった。

行き倒れた憐《あわ》れな親子の名を拝借しなければ、旅の途中に死んでいたのは私たち母子の方だっただろう。

そんなに私が憎いのかと、怒りと悲しみで胸が塞《ふさ》がった。

いっそこの国から逃げ出してしまいたくなる。

けれどやはり、母を今この国から動かすことはできない。

「大丈夫かい？　顔色が悪いようだが……」

心配してくれる店主に礼を言い、私は了承の意を伝えた。

翌日、手持ちの服の中で最も質の良いものを身に纏い、念入りに化粧をして断頭台に上る気持ちで城に向かった。

素性を偽《いつわ》るためにぼろぼろの服を着ていこうかと悩んだが、再会した時のアルバートは私がセシリアだという確信があるようだった。

ならばそのような小細工をしても無駄になるだけだろう。

それにもし、この身が囚われるようなことがあるのならば、その時はボロボロの服ではなく、せめて身ぎれいな格好をして、己の行いに恥じることはないと、胸を張っていたい。

だからこそ、私は自分が持っている中で一番良い服を着た。

母については、もし自分が戻らなければ教会の救貧院に連れていってくれるよう新しい家の大家に頼みこんだ。

まだ暮らし始めて少しだというのに大家の女性は嫌な顔一つせず、それどころか自分を大切にするよう諭《さと》されてしまった。

普段化粧っけのない私が全身をめかし込んでそんなことを頼んだものだから、もしかしたら身売りでもすると勘違いされたのかもしれない。

まあ、母がいなければ逃げ出していたことを考えれば、似たようなものかもしれないが。

城までの道は綺麗に舗装されていて、乗合馬車の揺れはそこまでひどいものではなかった。

旅の間にあらゆる悪路を経験したので、もうかつて乗っていた公爵家の馬車の乗り心地すら忘れつつある。

公爵令嬢として育った過去は全て夢で、本当はずっとピアとして生きてきたような錯覚にかられる。

もし本当にそうだったなら、アルバートからの呼び出しも素直に喜べたのだろうか。


――愛を忘れたと噂される王子。


彼はその心を、パーシヴァルに残したままでいるに違いない。

大きな邸宅が続く貴族街を抜けると、ひと際大きな白亜の建物が見えてくる。

あれこそがテオフィルス王の居城《きょじょう》だ。

最後にあそこを訪れたのは、ライオネルのパートナーとしてだった。

乞われて、主賓《しゅひん》であるライオネルの歓迎祝賀パーティーでファーストダンスを踊った。

私の人生の中で最も輝かしい時。

あのときは知らなかったたくさんのことを、私は知った。

信じていた人たちに裏切られた痛み。きれいごとだけでは立ち行かない市井の現実。自らの手で家事を行うことの過酷さ。

そして——人を憎むこと。

それらを知って、全く別の人間のようになってしまった私は、果たして本当にセシリアと呼べるのだろうか？

アルバートの呼ぶセシリアはもうどこにもいない。

いるのは、日常に疲れ笑顔を忘れた、年の割に老け込んだ女が一人きりだ。

自分がどんな風に笑っていたかすら、今はもう思い出せない。

＊＊＊

一人でやってきた私を、門を守っていた兵士は当然のように怪しんだ。

だが彼が確認をしに行くと、あらかじめアルバートが言ってあったのか上役《うわやく》の兵士がやってきて私を城の中へ迎え入れた。

私が逃げないか見張るための兵士がつけられるかと思ったがそんなことはなく、すぐに案内のメイドが呼ばれる。

そしてやってきたのは、驚いたことに高貴な女性の世話をする侍女《レディースメイド》だった。

彼女たちは城で働く多くの人間の中でも上級職であり、城の侍女ともなれば彼女自身が貴族の令嬢であるはずだ。

そんな人間を市井から呼び出した平民の案内に使うなんて、一体アルバートは何を考えているのだろうか。

「レディ、こちらへどうぞ」

明らかに私の服よりも上質なお仕着せを着た相手に、傅かれるというのは妙な気分だ。

それは待機所で見ていた兵士たちも同じなのか、一体この娘は何者なんだと言いたげにこちらをじろじろと眺めていた。

「頭を上げて。私はあなたに礼を尽くしてもらえるような人間じゃないわ」

あまりの違和感に思わずそんな言葉が口をつく。

だが躾《しつけ》の行き届いた侍女は口答えなどするはずもなく、無表情のまま自分についてくるよう私に背を向けた。

しずしずと歩く彼女の後に続きながら、久しぶりの毛足の長い絨毯《じゅうたん》に足を取られそのまま沈み込んでしまいそうだとどうでもいいことを考えた。

侍女はどんどん先へ進んでいく。

城は敵に攻め込まれた時を想定して、パーシヴァルのそれと同じように複雑な造りになっていた。

案内がなければ、たちまち迷子になってしまいそうだ。

どれぐらい歩いたのかも判然としなくなってきた頃、ようやく目の前の侍女が足を止めた。

彼女は二人の騎士が守る扉の前に立つと、騎士の内の一人に取次ぎを頼んだ。

「どうぞ、こちらです」

侍女と同じで騎士の表情もまた、読めない。

私をここまで案内してきた侍女は、騎士に私を引き渡したところで去っていった。

できることなら、私も部屋には入らずこの場を去ってしまいたい。

扉が開かれ、騎士に続いて部屋の中に入る。

中には私を逃がさないよう屈強な騎士が沢山いるかもしれないと危惧していたが、入ってみるとそんなことはなく、見覚えのある応接間でソファに腰かけていたアルバートが立ち上がり私を出迎えた。

部屋には彼ともう一人、従者のセルジュしかいない。

内装を見るまで気づかなかったが、この部屋は以前この城を訪れた際、ライオネルと一緒に歓待を受けた部屋だった。

つまり、国賓《こくひん》をもてなす最上級に近い応接間ということだ。

広大な城の中にはランクごとにいくつもの応接間があるはずで、どうしてこの部屋を選んだのかと私は訝《いぶか》しんだ。

姓もないような平民を招き入れるには、全く相応しくない部屋である。

一緒に部屋に入った騎士が、私を見張るために音もなく壁際に立った。

当然だ。むしろ、素性のしれない私に見張りが一人しかつかないなんて、なにかあったらどうするつもりなのだろう。

例えば私が逆上してアルバートに襲い掛かるとか。

そういえば、ここに至るまで身体検査すらされていない。

以前は城で身体検査なんてされたことがなかったので気がつかなかったが、王子に会わせる平民の身体検査をしないなんて、常識からすれば全く考えられないことだ。

どういうつもりなのかと探るようにアルバートを見れば、目が合った彼は悲しげな顔をした。

以前再会を果たした時もそうだったが、どうしてそんな顔をするのか。

むしろ嘆きたいのはこっちの方じゃないのか。

頭の中で、もう一人の私が不機嫌そうに言い募る。

そしてアルバートは、更に信じられないような命令を下した。

「お前は下がれ」

一瞬、自分が言われたのかと錯覚した。

だがよく見れば、アルバートの視線は私の背後に立つ騎士に向けられている。

「しかし……っ」

騎士の方はさすがに承服しかねたのだろう、先ほどまでの取り澄ました表情に困惑を乗せて言い返した。

しかしアルバートが冷たく睨《にら》みつけると、反論を封じられ不満そうにしながらも部屋を去っていった。

一体彼はどういうつもりなのだろう。

私をセシリアだと疑っているならなおさら、警戒するべきだと思うのだが。

私が彼を恨んで刃物を隠し持っている可能性だってあるだろう。

小娘一人どうとでもなると思っているのか、あるいは恨まれているなんて微塵《みじん》も思ってはいないのか。

もう二度と見ることはないと思っていた青紫の瞳をじっと睨みつけていると、彼は思いもよらない行動に出た。

なんとその場に膝をつき、跪《ひざまず》いたのだ。

王太子が平民相手に跪くなんて、考えられないことだ。

彼が跪く相手は、父である国王ただ一人のはずである。

現在王位継承順位第一位である彼は、この国の身分制度の頂点に近い存在なのだから。

「ど、どういうつもりですか！」

何をされても胸を張って冷静に対処しようと思っていたが、流石《さすが》にこの行動は予想外過ぎた。

パーシヴァルで最後に会った時には、あれほど冷たくこちらを睨みつけていたというのに。

私は救いを求めるように、セルジュを見た。

だが結果的に、その行動はなんの救いにもならなかった。

なぜならセルジュもまた、主《あるじ》に倣《なら》ってその場に膝をついたからだ。

「セシリア。私は君に謝らねばならない。君を助けられなかったことを。それどころか、君を排斥しようとするライオネルに手を貸した」

「わたくしも、そんな主人を諫めませんでした。セシリア様には、深く謝罪申し上げます」

信じられないことだった。

確かに聞いたはずなのに、二人の言葉が全く理解できない。

謝った？　謝ったというのか。

間違いを認めて謝罪すると。

けれど、それは一体何に？

私の排斥に手を貸したというのは、アルバートも婚約破棄に一枚かんでいたということだろうか。

確かに婚約破棄が宣言された場には、彼もいた。

さも見損なったとでも言わんばかりの冷たい目で、じっと私を見下ろしていた。

「どうして？」

疑問が口から零《こぼ》れ落ちる。

何一つ意味がわからなかった。

どうして彼が、彼らがそんなことをしたのか。

そして今になって、どうして謝罪しようとするのか。

「わからないんだ。どうしてあんなことをしたのか」

アルバートは苦しげに言った。

「アンジェリカに会った途端、彼女のことしか考えられなくなった。彼女の歓心を得るためなら、なにを引き換えにしてもよかった。彼女を囲む男たちが憎くてたまらなくなった。彼女に乞われれば、人を殺すことすら躊躇いはしなかった」

小さな頃は高かったアルバートの声は、今はまるで地獄の底から響いてくるかのように低かった。

改めて聞くアンジェリカへの想いは、熱烈すぎて思わずぞっとするほどだ。

けれど私は、それによって彼が真実を言っているとわかった。

一年前。アンジェリカの影響で周囲の人々はどんどんおかしくなっていった。

実際、アンジェリカを巡って男性同士の決闘騒ぎが頻繁《ひんぱん》に起きた。

パーシヴァルには決闘を取り締まる法律があったが、それは決闘が流行した古い時代の産物であり、現代ではすっかり形骸《けいがい》化していた。

それを最初に掘り起こしたのは誰だったのか。

アンジェリカの傍《そば》に侍《はべ》る権利を求めて、彼女の周囲を取り巻く美麗な男たちに決闘を申し込む者は少なくなかった。

アルバートやライオネルといった高貴な男たちはその頃になるとアンジェリカの親衛隊のような様相を呈《てい》しており、申し込まれた決闘は積極的に受けていたように思う。

まさか王子を罪に問うことはできないからと、決闘によって人が裁かれることはなかった。

時にはそれで挑戦者が死ぬこともあり、死んだ者が貴族であった場合その遺族は当然ライオネルたちに恨みを抱いた。

将来王位をライオネルが継ぐことを考えれば、貴族との不和はなにも利益を生まないと再三言っても、誰も聞き入れてはくれなかった。

それどころか、宮廷は血に酔い決闘の流行はどんどん加速した。

どうしてみんなそんな風になってしまうのか、私は不思議でたまらなかった。

必死に声を上げても、誰もまともに聞き入れてもくれないのだ。

混乱の原因になるからと、彼女が恋しいなら愛妾《あいしょう》になさいませというライオネルへの忠言は、権力に執着する卑しい女の発言として否定され嘲笑された。

私は地の底まで貶《おとし》められあの国を出たのだ。

アルバートの声を聞いていると、思い出したくない過去の出来事がどんどん蘇ってきた。

そしてふと思い当たる。

そうかアルバートが帰国した理由は、おそらく――……。


「アンジェリカに乞われ、私は決闘でパーシヴァルの貴族子息を殺してしまった。それがこの国に連れ戻された理由だ。帰国してしばらく経つと、まるで我に返ったように自分のしたことの恐ろしさが身に染みた。私は謝罪しようと挑戦者の遺族の許《もと》を訪れたが、その家はアンジェリカの不興を買ったことでとっくに取り潰しになっていた。それを知った時に初めて、私はアンジェリカが恐ろしいと感じた」

まるで、アルバートの口から吐き出される毒が空気中を漂っているかのようだ。

私は気分が悪くなりその場に崩れ落ちそうになった。

もう何も聞きたくないと耳を塞ぎ、目を瞑《つむ》りたくなった。

何も思い出したくないのだ。アンジェリカの声も、その蜜を含んだような甘い話し方も。

なのに、アルバートの話は否応なくあの異母妹《いもうと》のことを思い出させる。

「アルバート様は贖罪《しょくざい》のためご遺族を探されました。ですがその消息はどれだけ探ってもみつからないのです。古くからパーシヴァルに仕えてきた名のある貴族だというのに、これは妙だということになりました。そんな折、書物を扱う商人から、若いのに豊富な知識で素晴らしい翻訳をする女人《にょにん》の噂を聞きました。我が国の識字率はそれほど高くありません。女人で翻訳をこなすほど学がある人間ならば元は貴族だろうと、その商人に翻訳者を保護するように命じました。それは遺族の内の誰かかもしれないと考えたからです。ですが実際は……」

その先は、言われなくてもわかった。

つまり自分が殺してしまった相手の遺族を探していたら、偶然私にぶち当たったということなのだろう。

要はどん底からあの商会に雇われたことすら、アルバートの手の内だったという訳だ。

頑張りが認められたのだと思っていた自分が、ひどく惨《みじ》めに感じられた。

「それで、私にどうしろと？」

もう彼らは、私がセシリアだと確信している。

そしてとりあえず、恐れていたような断罪はないようだとわかった。

だが、わざわざ私を呼び出した真意は、まだわからなかった。

姿を消した貴族の話も、人を殺して苦悩しているアルバートの話も、もう私には何の関係もないことだ。

アルバートは顔を上げ、まっすぐに私を見つめた。

少し色味が違うだけなのに、私の瞳とは全く違う色を宿した瞳。

「セシリア。君にはどんなに謝っても足りない。私たちは友であったのに。君が苦しいときに助けようとしなかった。私はそのことを深く悔いて――……」

「黙って！」

頭が真っ白になって、自分でも驚くような大きな声が出た。

「謝らないでください。謝られたら、赦《ゆる》さねばいけなくなります。けれど私には、赦すなんて無理です。飢えを雑草でしのぐ侘《わび》しさも、下卑《げび》た男の言いなりになる苦痛も、あなたにはわからないでしょう？　こんなお綺麗な場所で跪いただけで、その屈辱を赦せと言うの？　私には無理です。あの国にもあなたたちにも二度と関わりたくありません。それが目障《めざわ》りだというのなら、この国を出ましょう。私はもう……生きるためならなんだってできるのです」

そう、なんだってできる。

救貧院に、母を捨てることすらも。

驚きに見開かれた二対《つい》の目が、じっと私を見ていた。

あたかも舞台の上で道化を演じているような気持ちになり、私は知らず詰めていた息を吐いた。

部屋の中の空気が凍り付く。

何故《なぜ》か肌寒さを覚えた。

まるで化け物を見るような彼らの目。

その目には私がどう映っているのだろう。

道を踏み外した、憐れな女のように。

じっと相手の反応を窺《うかが》っていた私は、アルバートの変化に驚き思わず動揺した。

「な……っ、どうしてあなたが泣くのですか！」

そう、彼は泣いていたのだ。

跪いたまま私を見上げ、その目から涙を溢《あふ》れさせていた。

動揺したのは、彼が泣くところを初めて見たからだ。

私は幼い頃から、次期王妃として家庭教師から帝王学を学んでいた。

家庭教師は何度も何度も、人の上に立つ者は感情の起伏を相手に悟らせてはならないと口を酸《す》っぱくして言っていた。

特に、涙を見せるのは相手に自分の尻尾を掴ませるようなものだと。

女の涙は場合によっては武器にもなるが、王は誰が相手であろうと涙を見せることができないと。

だから――あなたが代わりに泣きなさい。

家庭教師の言葉が耳の奥に蘇った。

泣けない王の代わりに、妃《きさき》である私が泣くようにと。

そのように教育を受けたのだろう。

王位が約束されたライオネルやアルバートもまた、古い付き合いだが涙を見せたことは一度もなかった。

父ですら、私たちを放逐するのに涙の一つも見せなかったというのに。

「どうしてあなたが泣くのですか‼」

動揺した私は、同じ言葉を繰り返した。

「君が泣くからだ。セシリア」

ようやく返ってきた言葉に、私は自分もまた泣いているのだと気がついた。

いつから泣いていたのだろう。

けれど一つだけ確実なことは、先に泣いたのはアルバートの方だということだ。

「先に泣いたのはあなたの方です！　私を憐れんでいるのですか⁉」

悲惨な生活を憐れんでいるというのなら、なおさら赦しがたい。

彼もそうなる原因の一端を担っているというのに、同情で泣くなんてまるで他人事のようではないか。

だが、彼は拭《ぬぐ》いもせず涙を流し続けた。

主の異変を、セルジュも呆然と見つめている。

「違う。一番君が辛いときに何もできなかった我が身が口惜《くちお》しい。できることなら、君に無体《むたい》を強《し》いた男を八つ裂きにしてやりたいっ」

まるでその衝動と戦うかの如く、アルバートは拳を握り締めた。

「そ、ん……な」

はっきり言って、彼の反応は私の想像を超えていた。

これほど激しく突き放せば、彼ならば黙り込んで、私を刺激しないよう以降は距離を置くと思っていたのに。

彼はある意味次代の王に相応しい性格だった。

滅多《めった》に心動かされることがなく、感情の起伏を相手に悟らせることがなかったのだ。

だから思ってもみない反応に、私は大いに戸惑っていた。

「セシリア様」

セルジュが、ようやく我に返ったように口を開いた。

私に呼びかけてはいるが、その目は己の主を刺激しないよう、絶えずそちらを注視している。

「失礼ですが、その下卑た男は今どちらに？」

予想外の質問に、私の涙も止まった。

「どうしてそんなことを聞くのです？」

心底不思議で尋ねると、セルジュは慌てたように私とアルバートを交互に見つめる。

「いえその……、セシリア様を辱《はずかし》めるつもりは誓ってございませんが、我が主が本当に相手を殺しに行きかねないのでその、警戒をと」

どうして彼がそんなに慌てるのか、それに先ほどの言葉は比喩ではなく本気でアルバートが男を殺しに行くと危惧しているのかと、私は首を傾《かし》げる羽目になった。

もしかしたらアルバートは、決闘の挑戦者を殺《あや》めたことで、人を殺すことに飢えているのかもしれない。

「どこにいるもなにも、この街に来て別れましたわ。もともと、この街にたどり着くまでという契約でしたから」

「け、契約……ですか？」

セルジュがぎょっとしたように身じろぎした。

逆にアルバートは黙り込んだまま、虚空《こくう》をじっと睨みつけている。こう言っては何だが、恐い。

話の成り行きに、私はすっかり毒気を抜かれてしまった。

少しは自分のしたことを反省すればいいのにという気持ちで口にした言葉が、想像以上に相手を痛めつけてしまったことに驚いていたのだ。

例えるならそう、羽ペンでつついただけのつもりが、相手の致命傷になってしまったような違和感。

「ええ。女二人で旅なんて無謀ですもの。宝石を売り払ったお金で護衛を頼んだのです。けれど足元を見られて、多額のお金をふんだくられた上にあいつら、わたくしに給仕のまねごとを強要したのですよ。あの下卑た顔といったら！」

無事にテオフィルスにつきたければ言う通りにしろと、彼らは私に給仕までさせたのだ。それでも盗賊に襲われるよりはましと思って我慢したが、自分の食事すらまともに取れない中での出来事に殺意が湧いた。

しかし私の怒りがセルジュにはうまく理解できなかったようで、彼は大きな口を開けて唖然《あぜん》とこちらを見つめている。

「なんですか？」

思わず問いかけると、セルジュは慌てたように言葉を吐き出した。

「そ、それでは『男の言いなり』というのは……本当に言葉通りの意味だと？」

「何を言っているんです？　最初からそう言っているではありませんか」

部屋の中に、先ほどまでとは違う気まずい沈黙が落ちた。

＊＊＊

ガタンという大きな音が室内に響いた。

アルバートの大きな体が、突然床に崩れ落ちたのだ。

「アルバート⁉」

私は咄嗟に、昔のように彼の名を敬称も付けずに呼んでしまった。

すぐに自らの失態に気づき、両手で口を押さえる。

「殿下、お気を確かに」

傍にいたセルジュが、自分より大きなアルバートの体を何とか助け起こそうとする。

だが、その動作はどこか緩慢《かんまん》で、今一つ本気で助け出そうとしている感じがしないのだった。

一方で、床に倒れ込んだ王太子という珍しいものを見下ろすことになった私は、反応に困っていた。

ここで膝を折って彼の処置を手伝うのは簡単だが、それをすると私が彼を赦したように思われるのではないかという危惧があった。

あれほど憎んだ相手である。

その憎しみをなかったことにされたくなどないのである。

という訳で、私はせめてもの矜持で膝を折ることはせず、気持ち前かがみになって彼の様子を見るに止《とど》めた。

幸い顔色は良いようだし、呼吸も安定しているのでそれほど心配はなさそうだ。

だが、それにしても。

アンジェリカに出会ってからはすっかり変わってしまったとはいえ、普段は冷静沈着で父親以外には膝を折らない彼が目の前で跪き、そして倒れ込んだのだからこれは驚くべき珍事である。

彼に呼び出されたときはまさかこんなことになるとは思ってもいなかったので、あまりの時間の濃密さにすっかり疲れてしまった。

そもそも、誰かを憎んだり怒鳴ったりという行為はとても体力を使うのだ。

母国を出て以来生きることに必死で感情を抑え込んでいただけに、私は今のやりとりでかなり消耗していた。

話は途中だが、もう家に帰って今日のことは夢だったということにしてしまいたかった。

「ごほ、いや……取り乱して済まなかった」

アルバートはゆるゆると身体を起こすと、わずかに顔を赤らめてそう取り繕った。

その顔が先ほどよりだいぶ緩んでいたので、私は面白くなかった。

「とにかく、わたくしはあなたを未来永劫赦しません。きっと、あなたが殺したという挑戦者の遺族だって同じことですわ。位が高いからといってなんでも思い通りにはならないと知るべきです。

わたくしのように、ある日突然その地位から追い落とされることだってあるのですから」

皮肉を言ってせせら笑うと、緩んでいたアルバートの顔が覿面《てきめん》引き締まった。

そうすると、彼には有無を言わせぬ迫力のようなものが生まれる。

そもそも王族や貴族は、古くから好んで美女を娶《めと》るため顔立ちの整った子が生まれるのである。

国一番の美女を家系図に連綿と書き入れてきた王家は、中でもとびぬけて美しい者が生まれるのが通例であった。

ライオネルは金髪に色黒の肌で野性味のある容姿だったが、アルバートのそれはライオネルとは真逆の美貌である。

白皙《はくせき》の顔に、宝石のごとき青紫の双眸《そうぼう》。黒い髪はまるで水にぬれたように艶を湛《たた》え、こんな場面すら切り取れば一幅《いっぷく》の絵のようだ。

見慣れた相手ではあるが、おそらくはパーシヴァルでの出来事を経て、その美貌に憂《うれ》いという新たな要素が加わった。

公爵家の娘として生まれついたのに、この短期間にお手入れも何もできず一気に老け込んでしまった私とは、まさしく雲泥《うんでい》の差である。

何とも言えない思いが去来して、私は胸にわだかまった想いを吐き出すように大きなため息をついた。

「とにかく、もうわたくしはあなた方に関わる気は毛頭ございません。さっさと解放してくださいませ」

場所が城の中ということもあって、大分昔の喋り方が戻ってきた気がする。

城下に戻れば再び勤め先を探さねばならないのだから、平民らしからぬ喋り方なんて邪魔にしかならないのだが。

「いや……そういう訳にはいかない」

アルバートはふらふらと立ち上がると、私の前にまっすぐ立ちはだかった。

「君を呼んだのは、ただ謝罪するためだけじゃないんだ。できれば君には手を貸してもらいたいと思っている」

「わたくしに？」

それは思いもよらぬ提案だった。

「そうだ。アンジェリカの周囲での出来事は、あまりにも妙だ。まるで周囲の男たちを彼女が思うままに操っているかのような……。君が去ったときよりも、パーシヴァルは更に悲惨な状況になっている。このまま内乱にでもなれば、難民が溢れ出し我が国も無事では済まないだろう。事実、あちらの内乱を扇動《せんどう》して我が国に吸収してしまおうという一派すらいるのだ。そうさせないためには、アンジェリカと同じ家で暮らしながら最後まで理性的に訴え続けた君に協力してほしいんだ」

アルバートの申し出には驚くべき内容が含まれていたが、冷静に考えてみればそれもそうだなと納得できることだった。

たとえ和平を結んでいたとしても、異なる国同士。国力が弱まればいつでも飲み込んでやろうと水面下で牙を研《と》いでいるのが普通である。

むしろそうしなければ、別の国がパーシヴァルを飲み込み強国へと成りあがる。そうすれば次に狙われるのはこのテオフィルスだ。

そうして大陸にある地続きの国々は、絶えず併合と分裂を繰り返してきた。

「あんな国、どうなろうが私の知ったことではありませんわ。この国が戦乱に巻き込まれれば、次はまた違う国へ参ります」

そう、私はもう二度とあの国に、あの国の人々には関わりたくなかった。特に異母妹であるアンジェリカには絶対に。

だが、流石に古い付き合いだけあってアルバートは私の性格を心得ていた。

「本当に？　そうしてアンジェリカから〝逃げ続ける〟のか？　地の果てまでも」

『逃げる』という単語に思わず身じろぎをした。

私は間違いなくパーシヴァルから尻尾を巻いて逃げたのだが、それを誰かに指摘されるのは業腹《ごうはら》だった。

そもそも、私は心底負けず嫌いなのだ。

半年で洋裁の腕を磨き、遂にはお針子の元締めに辞めないでくれと懇願《こんがん》される程度には。

おかげで手には不格好なタコができてしまったが、これは私が己の力で生き抜いたという勲章でもある。

「そろそろ、反撃に出てもいいのではないか？　このままやられっぱなしでいる君じゃないだろう」

アルバートが私をあおっているのは明らかだった。

だがそれがわかっていて、馬鹿馬鹿しいと切り捨てられないのもまた私の悪いところだ。

「まあまあ、突然のことですし、セシリア様にはよく考えていただいて。お疲れでしょうから、今日は城でお休みください。歓待の用意もございますので」

セルジュが私たち二人の間に入り、今日の接見はお開きとなった。

私は家に帰ると言い張ったのだが、セルジュが用意した侍女たちに帰られては困ると泣かれ、結局その日はセルジュの言うところの〝歓待〟を受けることになったのだった。

＊＊＊

「よかったですね。ひとまず城に残ってくださって」

セルジュにかけられた言葉に、アルバートは顔を上げた。

「私もほっとしました。セシリア嬢が我が国にいらっしゃるとわかってからこっち、殿下はちっとも落ち着かれませんでしたから」

わずかに揶揄《やゆ》するような色を感じ取ったのか、アルバートはセルジュを睨みつけた。

「だから黙っていたとでも言うつもりか？　本当はもっと早く、彼女がこの国にいるとわかっていたんだろう？　例の商人に保護を命じたという話は何だ！　彼女の居場所がわかっていたのなら、どうしてもっと早く……っ」

「彼女が本当にセシリア嬢であると確認が取れたのは、最近のことなのです。あの方は用心深く自らの身元を偽っておいででしたから。それに、商人から例の訳本が届けられた頃、殿下はまだ解呪《かいじゅ》の副作用で人に会えるような状態ではなかったではありませんか。運よく魔女殿が例の符牒《ふちょう》に早めに気づいてくださったからよかったようなものの、そうでなければ今もアンジェリカの名を叫んで暴れまわっていましたよ」

アルバートは言い返すことができなかった。

なぜならセルジュの言葉が、全て事実であったからだ。

市井ではおとぎ話の登場人物である魔女だが、実のところ彼女たちはこの世界に存在している。

そのことを知るのは、一部の人間だけ。

そしてこのテオフィリスの王もまた、その存在を知る一人であった。

彼は遊学から戻ったアルバートの尋常ならざる状態を目にし、医学も教会による祈祷《きとう》も効かないとなると、王にのみ伝えられる口伝《くでん》を頼りに、かつて王家に縁があった魔女を召集したのだ。

そして彼女を呼び出すための符牒こそ、『愛を教えた者』であった。

王はこの符牒を潜ませたお触れを出し、無事やってきた魔女によってアルバートにかけられていた魅了の魔法が解かれたという訳だ。

これまで他の人間同様魔女をおとぎ話としか思っていなかったアルバートたちもまた、これには彼女たちの存在を認めざるを得なかった。

なにせその魔法の恐ろしさを、身をもって体験してしまったのだから。

「解呪を受けたのはお前も同時だったのに、どうしてお前の方が回復が早かったんだ。不公平だろう？」

不貞腐《ふてくさ》れたようにアルバートが言うと、セルジュは何を今更という顔をしてため息をついた。

「私より、殿下の方が圧倒的にアンジェリカ嬢と一緒にいた時間が長かったですからね。それどころか術の効きが悪かったからか、私は遠ざけられていた節すらある。魔女殿に伺ってその謎も解けました。魅了の魔法は僅《わず》かでも自分に好意のある者にしか使えないそうですよ。私は無性愛者《アセクシュアル》ですから、それで魔法のかかりが悪かったのでしょう」

セルジュの言葉に何事か言い返そうとしたアルバートだが、結局何も言うことなく、疲れたように項垂《うなだ》れた。

行方不明になっていたセシリアの無事を確認して安堵《あんど》したものの、明らかに公爵令嬢には見合わない格好と疲れた様子に、ひどくショックを受けているのが長い付き合いのセルジュには手に取るようにわかった。

「それでもあなたの行動に不信を抱かないように暗示をかけられていたそうです。魔女殿によると、我々に術をかけた術者はかなりの手練《てだ》れであると。そんな相手に隣国が乗っ取られそうだなどと、まったく頭が痛い」

そしてその術者とは、おそらくアンジェリカ本人かあるいはアンジェリカの身近にいる人間だ。

先ほどセシリアにも言ったように、隣国としてはこのままパーシヴァルが混乱に陥っていくのを、指をくわえて見ているわけにはいかない。

二国は先々代の御世《みよ》に王族同士の結婚をし、和平を結んだ。

故にアルバートはパーシヴァルの王位継承権を、ライオネルはテオフィルスの王位継承権をそれぞれ保持しているのである。

アンジェリカが自身の魔の手から逃れたアルバートを弑《しい》し、ライオネルを使ってこの二国を手中にする可能性すらある。

先ほどセシリアに話したパーシヴァルの内乱を扇動する者の存在というのも本当で、今この時もパーシヴァル王は頭を悩ませているに違いなかった。

「それにしても、よかったじゃないですか、死ななくて」

セルジュの遠慮のない物言いに、アルバートはびくりと身じろぎをした。

魔女の解呪によって徐々に正気を取り戻した彼は、己が行った非道を深く後悔し衝動的に自殺未遂を起こしたのだ。

中でも彼を最も懊悩《おうのう》させたのは、古い知己《ちき》であるセシリアへの迫害を、止めようともせず己も加担したことにあった。

その希《き》死《し》念慮《ねんりょ》に歯止めをかけたのは、姿を消した彼女を誰が保護するのかというセルジュの言葉だった。

そしてアルバートは、セシリアの保護に向けて文字通り死にたくなるような悔恨《かいこん》の中で解呪の副作用にも耐え、再び理性を取り戻したのだ。

勿論例の遺族を探していたという話は本当だが、アルバートは同時にセシリアの足取りも追わせていた。

アンジェリカの追手を警戒して入念に痕跡を消していたセシリアだが、彼女が翻訳した書物が城の出入り商人の目に留まったのは僥倖《ぎょうこう》だった。

その翻訳本はアルバートによって、間違いなくセシリアの筆であると確認が取れている。

「まあ、あなたが泣きだしたときには慌てましたがね。セシリア嬢に大事がなくて本当によかった」

セシリアが経験した辛酸《しんさん》は並大抵のものではないだろうが、それでも例の「男の言いなり」の勘違いが真実であった場合、アルバートは平静を保てたかどうか。

「なにせあの方は、殿下の初恋の君ですからね」

ずっと、口にすることすらできなかった片恋。

出会ったときには既に、セシリアはライオネルとの結婚が決まっていた。

そしてアルバートの想いを知る者は、幼い頃から従者として仕えてきたセルジュ一人だけ。

自分は色恋をしないくせに、この従者はいち早く主人の苦悩に気づいていた。

「……やめろ。彼女に失礼だ」

押し殺すように、アルバートが言う。

セルジュは返事をせず、その代わりのように小さく肩を竦めたのだった。

# 第二章　魔女と精霊と私

目が覚めると、全面に刺繍が施された贅沢な天蓋《てんがい》が視界いっぱいに飛び込んできた。

一瞬、今までの出来事が全て夢だったのかと錯覚してしまう。

私はまだ公爵家の娘で、ただ長ったらしい悪い夢を見ていたのかと。

「おはようございます。お目覚めになりましたか？」

昨日セルジュがつけてくれた侍女が、天蓋から垂れた布の隙間から顔を出した。

見慣れないお仕着せを見て、昨日の出来事を思い出す。

そうだ私は今、招かれてテオフィルスの王城にいるのだった。

私は促されるまま洗面器を運んでもらい、ベッドの上で顔を洗って朝食までとった。

いつもなら母の昼食の用意をして家を飛び出している頃だ。

仕事に行かなくてはと思ったが、すぐにどうせセルジュから話がいっているだろうと思い直した。

というか、セルジュの指示で私を保護していただけなのだから、店主にとってはお役御免といったところで、自分が行ったら逆に驚かれるかもしれない。

どうしてもと引き留めるセルジュに、ならば母も保護してほしいと昨日のうちに頼んでおいた。

昨日の話が本当であれば、彼らは喜んで母の世話をしてくれるだろう。

私にとっては人質を取られるようなものだが、母にとっては城で保護してもらった方がいいに決まっている。

なにせ市井の食事が口に合わず、迫害されてから信じられないほど痩せてしまったのだ。

城であれば、母が望む白くて柔らかいパンも、贅沢品であるお茶も好きなだけ手に入る。

新鮮なジャージー種のミルクをたっぷり入れたミルクティーが母の好物だ。

茶葉も新鮮なミルクも、お金の他に上流階級の伝手《つて》が必要な食材だ。市井ではそう簡単に手に入るものではない。

すっかり心を病んだ彼女も、かつての生活水準を取り戻せば快方に向かうだろう。

私がここに残った理由の大部分は、母に不自由のない暮らしをさせることができるという抗《あらが》いがたい誘惑によるものだった。

私はまだ若いからなんとか平民の暮らしに適応することができたけれど、公爵夫人として内向きを取り仕切っていた母が現実を受け入れることは、ひどく困難であったことは想像に難《かた》くない。

本当は旅の間何度も救貧院に母を預けて先に進もうかと悩んだが、結局母を置いていくことはできなかった。

救貧院は身寄りのない者や貧しい者の世話をする施設だが、教会にお布施《ふせ》をすることができないほど貧しい者には辛い場所だと聞く。

そんな場所に打ちのめされて儚《はかな》くなった母を置き去りにできるわけがない。

それに、結果として彼女の存在に私は救われていたと思う。

すっかり人が変わってしまった母の世話は辛かったが、母がいたから頑張れたという側面もある。死にたいほど辛くても、私が死ねば母が一人になると思えば死ねなかったのだ。

「今日は午後から、殿下がもう一度お会いになりたいと。お召し替えはいかがなさいますか？」

物思いにふけっていると、侍女が今後の方針について意見を求めてきた。

どうやらあれをやれこれをやれと、何かを強制されることはないらしい。

侍女の口ぶりからするに、アルバートとの面会も強制ではないようだ。

それにしても彼は王太子だというのに、二日続けて貴族位もない平民に会おうだなんて公務は大丈夫なのだろうか？

例のお触れで妙な噂が囁《ささや》かれるぐらいだから、公務をしっかりして次期国王として問題ないところを周囲に見せつけておくべきではという考えが浮かんだ。

すぐに余計なお世話だと気がついて、慌てて左右に首を振ったが、侍女には奇妙に思われただろう。

「着替えといっても、替えのドレスは持ってきてないわ」

誤魔化すように、私は言った。

替えのドレスどころか、王太子との接見に相応しいドレスなど一着も持っていない。

昨日着ていた一張羅《いっちょうら》は湯あみの時に脱いだまま、どこかに持っていかれてしまったし。

「ドレスのことでしたら、ご安心くださいませ。あなた様にお贈りするために以前作られたドレスがございますわ」

何故だ。

どうしてそんなものがテオフィルスにあるというのか。

本来、身に着ける物を贈り合うのは親族でもない限り、婚約者か結婚相手のみと相場が決まっている。

勿論、アルバートと私はそのような関係にはなかった。

そもそも、ドレスを作るにはかなり詳細なサイズ情報が必要なはずなのだが……。

私が訝しんでいるのが伝わったのだろう。侍女は何かはっと気づいたような顔になり、取り繕うように言った。

「いけない。今の話は姫様にお聞かせしてはいけなかったのでした。どうかお忘れになってくださいね」

そう言いながら、いたずら好きな猫のような表情を浮かべている。

絶対悪いとは思っていない顔だ。

私は深く考えるのをやめ、侍女に指示を出した。

「ありがたい話だけど、ここ一年でだいぶサイズが変わってしまったから、腕利きのお針子を呼んでちょうだい」

お針子をしていた自分がまさか再びお針子を呼ぶ立場になるとは、まったく人生は何が起こるかわからない。

前のサイズで作られていたドレスを、何とか半日の内に手直しを済ませ着られるようにした。

呼ばれたお針子は大層驚いていたものだ。

それはそうだろう。

着付けされている本人が、突然針を持ち自らのドレスを縫い始めたのだから。

危ないからやめてくださいと言われたけれど、格式あるテイラーのお針子より日に数をこなし続けた私の方が間違いなく作業が早かった。

令嬢らしからぬ行動だということは重々承知しているが、どっちにしろもう令嬢などではないのだから関係ないと思う。

無事にサイズ直しを済ませたドレスは、アルバートの目の色と同じ青紫色でやはり別の誰かへの贈り物だったのではとそちらの方が心配になる。

「大丈夫ですよ。姫様は何もご心配なさらずに」

朝から世話をしてくれている侍女は、なんだかやけに上機嫌でそんなことを言う。

それにしても、どうしてこの人は私のことを姫様と呼ぶのだろう。

一応生家であるブラットリー公爵家はパーシヴァル王家から分れた血筋なので、その呼び方も間違ってはいないが、どちらかというと未婚の貴族令嬢一般に使われる『お嬢様』の方が正しい。

一体セルジュはこの侍女に私をどう説明したのだろうかと思いながら、彼女に先導されてアルバートがいるという場所に向かう。

呼び出された場所は限られた者しか入ることのできない王宮の中庭だった。

初代王の墓碑があるこの庭園は王城の本当の最奥部であり、本来であれば王家の血を受け継ぐ者かその配偶者しか立ち入ることができない。

子どもの頃から、一度は入りたいと思っていた場所だ。

本当にこんなところに入っていいのかと何度も侍女に確認したが、彼女は自信のある足取りでどんどん中庭への道を突き進んでいった。

ハイヒールではなくブーツを用意されたのはこの庭を歩くためだったのかと思いながら、私も彼女の後に続く。

中庭は小さな森と言ってもいいような大変な規模で、下草は刈られているものの野生のままのような木々があちこちに植えられていた。

シンメトリーに整えるのが定石《じょうせき》である貴族の庭園とは、似ても似つかない。

庭の中だというのに澄んだ小川が流れ、リスや小鳥のような小動物が木立を揺らした。

ドレスを枝にひっかけてしまわないよう注意して先に進むと、やがて古代風の白い東屋《ガゼボ》が見えてきた。

東屋の中にはテーブルと椅子が二脚用意されており、その片方にアルバートが腰かけていた。

彼は私たちの姿を捉《とら》えると、慌てたように立ち上がりこちらへ近づいてくる。

「どうしてここへ⁉」

やはり、この庭で待ち合わせという侍女の話は間違っていたのだ。

うっかり王家の秘密の場所に立ち入ってしまったという事実に、私は動揺した。

「も、申し訳ありません」

昨日のやり取りも忘れてつい謝ってしまう。

アルバートを未だ赦しがたく思っているのは事実だが、それとこれとはまた別の話だ。

だが、アルバートはどうやら私よりも侍女に向けてその言葉を発したようだった。

何故それがわかったのかというと、後から私に視線を移して「そのドレスは……」と言って顔を真っ赤に染めたからだ。

やっぱり、私が着ていいドレスじゃなかったんじゃないか。

この侍女は一体何を考えているのか。

私は思わず彼女の背中を睨みつけた。

だがアルバートは、その後どうにか冷静さを取り戻しこう口にしたのだ。

「どうして貴女がセシリアと一緒なのだ。魔女殿」

そのとき、私の頭の上にはたくさんの疑問符が浮かんでいた。

アンジェリカに翻弄《ほんろう》された後遺症で侍女を魔女と思い込んでいるなんて、見かけはいいのに残念過ぎる王子様だ。

そうしてしばらく呆気《あっけ》に取られていたが、どうにか立ち直ったらしいアルバートに促されるまま東屋の椅子に座った。

ちょうど足が疲れてきたところだったので大人しく座ったが、何とも妙なことになってしまったと思う。

一体どういうことなのかと侍女に視線で問うと、彼女はにっこりと満面の笑みを浮かべた。

そして目の前で、驚くべきことが起こった。

城の侍女が纏うお仕着せが、一瞬にして黒い光沢のあるローブに変わったのだ。

彼女の頭の上には三角帽子まで現れ、おとぎ話に出てくる魔女そのものの姿であった。

「ああ、楽しかった！　彼女は合格だ。大大大合格！」

そう言って、元侍女はあろうことか先ほどまでアルバートが座っていた椅子に座ってしまった。

つまり私の目の前である。

椅子がなくなったので、アルバートはテーブルの傍《かたわ》らに立ち尽くすことになった。

最も身分が高いはずの彼が立ちっぱなしなんて、そうそう見られる光景ではない。

「魔女殿、セシリアにはまだ何も事情を話してないんだ。いきなりこんな……それにそのドレスもだ！」

どうやら、アルバートはまだ私に何か隠していることがあるらしい。

別に、全てを正直に打ち明け合うような仲ではないからそれ自体はどうでもいいが、彼らの戯《たわむ》れに巻き込まれたようで、気分のいいものではない。

「このドレス、やはりわたくしが着てはいけないものだったのですね。サイズを直すのに針を入れてしまいました。あとで元に戻しておきます」

きっと本当のドレスの相手はアルバートの婚約者だろう。

今まで一度も聞いたことがないが、アルバートもいい年だ。

婚約者がいないはずがない。

相手は私と背格好が似ているんだなと思っていたら、彼は何故だか泣きそうな顔で私の言葉を否定した。

「いや、ドレスはそのままでいいんだ。サイズを直したならそのままにしてくれ。私が言いたいのはそんなことでは……。その、よく似合っている……」

再会したアルバートはもうアンジェリカを好きな彼ではないようだ。

まるで昔のように褒めてくれるので私は嬉しかった。

一度に婚約者も友人も弟も別人のようになってしまって、私は辛かったのだ。

「そうですか。では魔女、とは一体どういうことです？」

アルバートに問いつつ視線を目の前の女に向ける。侍女は白銀の髪と赤い目に黒ずくめという異様な見た目で、どうして今までただの侍女だと思い込んでいたのか不思議になるほどだった。

彼女はその真っ白い指を一本私の目の前に突き出すと、まるで踊りの振り付けのように優雅にその指で円を描いた。

すると次の瞬間、その円からとてつもない強風が吹き出す。

私は反射的に目を瞑った。

「セシリア！」

私を庇《かば》うようにアルバートの手が私の肩にかけられる。

どれくらいそうしていたのだろう。

風がやんでようやく目を開けると、そこにはまるでボールに毛が生えたような奇妙な生き物が、世界の摂理に反して空中に浮かんでいたのだった。

「ふわー？」

目の前の毛玉が、やけに間の抜けた声を上げた。

私は乱れてしまった髪を気にする暇もなく、目の前の毛玉に釘付けになった。

それは白いなめらかな毛皮を持った、見たことのない生き物だった。

なのに何故だろう。不思議と懐かしく感じられた。

手を伸ばすと、まるで懐くように指先にすり寄ってくる。

確かに触った感触があり、幻ではないのだともう一度驚かされた。

「これは……」

私の肩を抱いたままのアルバートが、呆《ほう》けたような声で言った。

どうやら彼にも、この奇妙な生き物が見えているようだ。

だが、毛玉は何故かアルバートに敵意を抱いているらしく、ふさふさの毛が割れて舌のようなもの突き出しアルバートを挑発した。

突然の敵意にアルバートは戸惑い、私と同じように伸ばしていた手をすぐさま引っ込めた。

「ふむふむ、重畳《ちょうじょう》重畳。おぬしを守るためにかなり力を使ったようだが、どうにか生きていたな」

先ほどまで侍女を演じていた女はすっかり別人のような口調になり、現れた白い毛玉をよしよしと撫でた。

すると心なしか、毛玉が嬉しげに一回り大きくなったような気がする。

「一体これはなんですの？」

不思議に思って尋ねると、魔女は何やら含みのある顔をした。

「こいつはな、おぬしを守っている守護精霊というやつだ」

「守護精霊？」

「そうとも、魔女の素質がある娘が生まれると、必ず自然界から守護精霊が現れ、陰日向になって娘を守る。むしろ守護精霊が現れた娘にしか魔女の資格はないと、言い換えてもいい」

「そんな……」

魔女も魔法も、おとぎ話の中だけの存在だと思っていた。

実在するかもしれないと思ったことすらない。

それなのに、魔女の言葉を信じるなら私には魔女の素質があるということになる。

今まで何かと優秀だと言われたことはあったが、そんなことを言われたのは初めてで戸惑ってしまった。

それが良いことなのか悪いことなのかすら、判断がつかない。

ただ嬉しげにすり寄ってくる毛玉に、くすぐったいような心地を覚えた。

先ほどの魔女の言葉を信じるなら、この毛玉は私が生まれてからずっと傍にいたのだ。

パーシヴァルで一人で戦っていると思っていたときに、見えなくとも私の味方をしてくれていた。

そのせいで一人アンジェリカと対立する羽目になったとしても、彼女の意のままに操られ平気で人を殺したりするより全然いい。

毛玉はアルバートを見上げ（目らしきものは確認できないが）、私から離れろとばかりに彼に体当たりを始めた。

大して痛みはないようだが、アルバートは気圧《けお》されたように私から離れる。

私を守護する存在に拒絶されたと知って、少し落ち込んだように見えたが気のせいだったかもしれない。

「これは仮の姿だが、魔力が回復すれば本来の姿に戻ることも叶うだろう。だがそのためには、おぬしにはしてもらわねばならんことがある」

先ほどまでいたずらっぽく笑っていた魔女が、突然真剣な顔で私をまっすぐに見つめた。

「私が、ですか？」

「そうだ。この守護精霊の力が戻れば、隣国に巣くう魔女の討伐も容易《たやす》かろう。だが今のままでは、守護精霊が回復するのに何十年もかかってしまう。故におぬしには、魔女になるための訓練をしてもらわねば」

「魔女？」

「そうとも。そこな王子に魅了の魔法をかけ、国を狂わせたのは私と同じ魔女に他ならない。人の意思を捻《ね》じ曲げ、自分の思うがままに操るという悪趣味極まりない魔法よ」

これはさすがに予想外だった。

彼女は異母妹のアンジェリカが、人ではなく魔女だと言ったのだ。怪しい術で人を狂わせる存在であると。

そして私に、それを倒すため同じ魔女になれと言う。

私はこの言葉を、到底受け入れることができなかった。

彼女の言葉を信じるなら、アンジェリカによって引き起こされた悲劇は全て、魔法によるものだということになる。

私は驚きを通り越し、呆然としていた。目の前の出来事がなければ、到底信じられる話ではない。

それでは、私が今までに憎んできた父も弟も婚約者も、そして目の前のアルバートすらも、アンジェリカの魔法によって操られていたというのか。

ならば赦せるのかと、私は自問自答する。

だが、非道を行った彼らを赦すというのは難しい。

それに、アンジェリカを討伐したいかというと微妙なところだ。

彼女のことは確かに憎いが、では戦って勝ちたいかというとそんなことはないのだった。

一方的に打ちのめされ叩きのめされた私は、もう二度と彼女とあの国には関わりたくないというのが、偽らざる本音であった。

だからそのために魔女になれと言われても、戸惑うばかりで全くその気になれないのだ。

「どうしてわたくしなんですの？」

だから、思っていたことがそのままポロリとこぼれ落ちた。

「わたくしはもう、静かに暮らしたいだけなのです。あの女に立ち向かって父や婚約者たちを助けたいなんて気持ち、もう欠片《かけら》も持てないわ。あの国がそれで滅びることになっても、わたくしはかまわない。そんなわたくしに、あなたはどんなものだかもわからない魔女になれとおっしゃるのですか？」

私の問いに、魔女は目を丸くした。

一方で毛玉は、こちらを心配するように私の周囲を飛び回る。
そんな私をアルバートは、ただ静かに事の成り行きを見守っていた。
緑豊かな庭園に、気まずい沈黙が落ちた。
だが少しすると魔女は、驚いたことに怒るでもなくただ破顔《はがん》してみせる。
「なるほどなるほど。確かにおぬしの言う通りだ」
思ってもみない反応に、今度は私が目を見開く番だった。
「魔女殿！」
魔女の軽薄な態度を責めるように、アルバートが声を上げた。
だが、たとえ一国の王子に非難されようと、魔女の態度が変わることはない。
むしろそんなアルバートをからかうように、彼女は前のめりになった彼の鼻を掴んだ。
突然鼻を掴まれたアルバートが、プギュッと聞いたことのない悲鳴を上げる。
さすがにこれには、私もあっけにとられてしまった。
これほどまでに彼がいいようにあしらわれているところなど、今まで見たことがない。
アルバートはなんとか体を離して魔女の手から逃れると、痛そうに鼻をさすっていた。
さすがに怒るかと思ったが、予想に反して彼は何も言わない。
「あなたも、アルバートにその魅了とやらをかけてらっしゃるんですの？」
私は思わず、そう聞いてしまった。

だってアルバートがあまりにも、大人しく引き下がったから。

だがその言葉が予想外だったのか、アルバートは弾かれたように私を見る。

指摘された魔女はといえば、否定するでも肯定するでもなく、ただ楽しそうににやにやと笑っていた。

「ほう、どっちだと思う？」

迷わせるような問いかけは、おとぎ話に出てくる魔女そのものだ。

こちらを惑わせるばかりで、決して本心を悟らせることがない。

「さあ、別にどちらでもかまいません。アルバートが別の魔女に魅了されていたところで、私には関係のないことですもの」

私は心底どうでもよくなってしまって、正直にそう答えた。

そもそも、質問に質問で返してくるような相手はあまり好きではない。

私たちのやりとりを心配しているのか、毛玉が双方の機嫌をとるように私と魔女の間を行ったり来たりする。

さすがにそれはかわいそうだと思ったのか、魔女は近づいてきた毛玉をまるで猫の首元を撫でるように愛《め》でてやっていた。

「心配するな。幼い精霊よ」

魔女の言葉は、先ほどまでと違って慈愛に満ちていた。

「すまなかったな。魔女の資格を持つ娘。人と交わるのはあまりに久しぶりで、少しいたずらが過ぎた」

思いもしなかった反応に、寧《むし》ろこちらの方が戸惑う。

「こうして喋るのも久しぶりでな。どうも感覚が掴めん」

「久しぶりというと……普段からこの国にいらっしゃるわけではないのですか？」

「うむ。宮仕えは性に合わん。だが古い馴染みの子らに呼ばれればそうも言ってはいられん」

「馴染みの子ら……？」

「この国の王よ。といっても、何代も前だが。私はテオフィルス王の呼びかけに応じこの国にやってきたのだ。魔女によって惑わされた息子を助けてくれと言われてな」

私はその時初めて、魔女がテオフィルス王家にまつわる伝説のような存在であったことと、彼女が人間の何倍も生きていることを知った。

「それでは、わたくしもそのようになるのでしょうか？　人の寿命を遥かに超えて生きると？」

時の権力者が不老長寿を求めた例は枚挙《まいきょ》にいとまがないが、自分にその資質があると言われても嬉しいどころか煩《わずら》わしいだけであった。

たかだか十九年生きただけでこんなにも心がすり減っているのに、どうしてこの上更に人の枠を超えてまで生きたいなどと思えるだろうか。

不安に思い魔女に尋ねると、彼女は苦笑して言った。

「安心おし。たとえ魔女の術を手に入れたとしても、私のように長い時間を生きねばならないということはないよ。だが、素質を持った者が魔女の修行を行わないというのは、少しだけ問題だ」

「問題？」

「ああ。人より長く生きるだけあって、魔女の力は強大だ。使い方を間違えれば、一国の運命すら変えてしまう程に……。だからこそ、素質を持つ者は己の力を抑える術を学ばねばならぬ。そしておぬしはたった今、魔女の力に目覚めた。一度力に目覚めればそれをなかったことにはできん。守護精霊が見えるようになったのがその証《あかし》」

「そんな、あなたが勝手に目覚めさせたのではありませんか」

私が力に目覚めたというのなら、それは間違いなく魔女が宙に円を描いた瞬間だ。

「はは、確かに事前に確認しなかったのは悪かったが、おぬしは自分で思う以上にギリギリの状態だったのだよ。守護精霊がそこまで縮んでしまっているのがいい証拠だ。放っておけば遠からず守護精霊は消滅し、おぬしは命を落としていただろう。パーシヴァルの魔女は、おそらくそれを見越しておぬしを放置していたんだろうが」

長生きの話の次は、死んでいたかもしれないという穏やかならざる話題だ。

彼女の話をまだ全て信じる気にはなれなかったが、私はなんとなく困っているように感じられる白い毛玉を見た。

じっとこちらに意識を向けてくる毛玉は、魔女の言うことが正しければ本来の姿よりもかなり小さくなっているらしい。

　私の苦悩をずっと傍で見ていた存在が消えかけていたと言われると、なんとなく落ち着かない気持ちになった。

　出会ったばかりであるというのに、私はこの白い毛玉に妙な親しみを覚えていた。

「では、私にその力を抑える術を学べと仰《おっしゃ》るのですか？」

「そういうことだ。生活の面倒はそこな子が見てくれるであろうし、魔女の力を使えるようになれば色々と便利になる。そうおぬしに悪い話ばかりではないと思うのだが」

　私はしばらく思案したが、確かに魔女の言うことはおおよそが正しい。

　アルバートにこれ以上関わりたくないという気持ちは捨て切れなかったが、私には他に魔女の術とやらを教えてもらえる宛てがないのだ。

　アルバートを見れば、ひどく不安そうな顔でこちらを見ていた。

　再会してからこっち、彼は感情を垂れ流しにしている気がしてならない。

　アンジェリカの魅了にかかっていた後遺症ではないかと思いつつ見ると、そんなアルバートの隣で毛玉もまた不安そうにこちらを窺っていた。

「理解はできませんが…、わかりました。どうせ行く宛てなどありませんもの。しばらくの間、よろしくお願いいたします」

　そうして私は、期せずして魔女の弟子としての第一歩を踏み出したのだった。

# 第三章　森と精霊と私

善は急げというのだろうか、私は力の使い方を学ぶため、しばらくの間魔女と共に暮らすことになった。

なお、場所はテオフィルス国内の森の中だ。

アルバートは私たちが王都から離れると聞いて難色を示したが、魔女の力が暴走すると周囲の人間に被害をもたらすこともあるという話を聞き、大人しく引き下がっていた。

私など近くにいても目障りなだけだろうに、どうしてそんな反応をするのか理解しがたい。

更には居場所がわからなくなるのは困ると言われ、最終的には王都郊外にある王家の森に滞在することになった。

王家の森とはその名の通り、王家が所有する森のことである。主に王家主催の狩りなどに用いられるため、一般人の立ち入りは厳しく制限されている。

そんな森で力が暴走したらそれはそれで困るだろうと言ったのだが、最終的にアルバートに押し切られてしまった形だ。

魔女も、最後には呆れたような顔をしていた。

彼女の反応を見るに、私の王家の森行きは予定調和という訳ではなかったらしい。

一体アルバートは何を考えているのだろう。

再会して正気を取り戻したように見えるが、その態度が以前と同じものとはどうしても言い難い。

セルジュの言う副作用とやらなのかもしれないが、以前とは違う彼の態度に気持ちが落ち着かない。

という訳で、王都からそう離れていないとはいえ森で暮らすことになり、私はほっとしていた。

翻訳の仕事ができなくなってしまったのは残念だが、母の世話はお城でしてもらえるそうだし、ひとまずは生活の心配はなくなった。

あとは魔女としての力の使い方を学ぶだけなのだが――……。


バターン！


「ひーっひっひ、帰ったよー！」

私の物思いを打ち砕くかのように、頭を抱えたくなるような衝突音が響いた。

時刻はもう深夜と言ってもいいような時間だ。

魔女は――一緒に暮らすにあたりレイリと名乗った彼女は、こうして毎晩のように酔っ払って帰ってくる。

「まったく、いちいちドアに体当たりしないでください。普通に帰ってこられないのですか？」

もう何度目になるかわからない苦情を繰り出すと、白い肌を上気させたレイリはやけに楽しそうに私を見た。

その笑みはいつにも増して艶っぽく、同性である私もドキリとするほどだった。

そんな魔女と同居し始めてもう十日ほどになる。

けれど同居といっても彼女は留守にしていることが多く、実情は森の狩猟《しゅりょう》小屋で、毛玉の精霊とすることもなくぼんやりしているだけだった。

狩猟小屋はさすがに王家所有の物だけあって、設備がきちんと整っている。

本当は狩りの際に貴族や王族が休むために使う離宮もあるのだが、そちらだと広すぎて二人では手に負えないということでこちらの狩猟小屋に暮らすことになったのだ。

アルバートは手伝いの人間をつけると言ったのだが、それでは森に篭《こも》る意味がないとレイリも頑《かたく》なに譲らなかった。

私はといえば、母の世話を人に任せることができ、お金を稼ぐ必要もなくなったのでとてもゆっくりとした毎日を過ごしていた。

毎朝日の出とともに起きだして、井戸で水を汲《く》み、顔を洗う。

昼間やることは洗濯と掃除と自分の食事の用意ぐらい。

他は森の中を探索したりして過ごしている。

食材は週に一度森の外から特別に言いつけられた人間が運んでくる。しかし受け渡しのために人間と会うことは禁じられており、口を開くのはこうして夜中にレイリが帰ってきたときと、あとは喋ることができない精霊相手に独り言を言うときくらいだ。

「レイリ。いつまでここでこうしていればいいのですか？　好き勝手しているアンジェリカを止めるのではなかったのですか？」

遂に今日、私はレイリにかねてからの疑問を口にした。

魔女としての術を学ばせると言いながら、彼女は私になにも教えようとしない。

私はただ穏やかに暮らすだけ。

本当にこんなことをしていていいのかと、忙しかった反動からかどうしても落ち着かない気持ちになる。

私の問いに、レイリはとろりとした赤い目でこちらを見つめてきた。

年齢不詳の魔女。

一緒に暮らしているというのに、私は驚くほど彼女のことを知らない。

「おや、お前を追い出した魔女と戦う気になったのかい？」

レイリはからかうように言った。

アルバートから聞いたのか、私の事情をレイリは詳しく知っている。

その後のことは話していないが、彼女は例の毛玉と会話できるので、大体のことは筒抜けらしい。

私が母国とはもう関わり合いになりたくないことも、ちゃんとわかっているのだ。

「そ、そういうわけでは……」

森での生活が始まって、前以上にパーシヴァルの情報を得ることが難しくなった。

あんな国もうどうなっても構わないが、こうして一人だけ安穏《あんのん》と暮らしているとそれはそれで落ち着かないのだから不思議なものだ。

「大体、無理に私が魔女になってアンジェリカと戦う必要がありますか？　どうしてあなたではだめなのですか」

私がそう言い返すと、レイリはさも愉快そうに大口を開けて笑った。

「ひっひっひ、それこそ理由がないさ。私があの坊やを治したのはテオフィルスの王族と縁があったからだ。パーシヴァルなんて国のことは知らないよ」

そう言われてしまえば確かにその通りで、返す言葉もない。

「大体お前さんは、余計なことを考えすぎなんだ。今まで大変だった分、骨休めのつもりでのんびりしなよ」

「ですが、魔女になるための術だって、何も教えてくれないではありませんか。このまま放っておけば命に関わるのではなかったのですか⁉」

思わず声を荒らげると、レイリは打って変わってまるで私をいたわるような顔をする。

「何でも焦り過ぎ、頑張りすぎだ。まずは自分の体をゆっくりと休めることを考えな。そんなだから、見えるはずのものが見えなくなっちまうのさ」

「なにを……」

「さて、私はそろそろ寝るからね。あんたも早く寝な。睡眠不足は美容の大敵ってね」

「美容って、それが魔女になる術となにか関係があるのですか？」

「あー、あるある。あるとも。だからさっさと寝な」

そうして煙《けむ》に巻かれてしまい、私は納得できない気持ちで自らも眠りにつくのだった。

＊＊＊

「ねえあなた、少し太ったんじゃない？」

私がそう言うと、毛玉は大きくなった体を膨らませて遺憾の意を表明した。

けれどお城で最初に見たときより、間違いなくその体は私の顔ぐらいの大きさになっているし、なんなら細長くて先っぽにやはり毛玉のようなものが付いた尻尾まで追加されている。

最初は毛に埋もれてよくわからなかった目も、最近ようやく確認できるようになった。

その目は驚くほど円《つぶ》らで、私と同じ薄紫色をしている。

「ごめんなさいね」

私は毛玉の怒りをなだめるためにそっとその体を撫でた。

その滑らかな毛皮に触れると、温かいと感じる。

私はふと、公爵令嬢だったときのことを思い出した。

まだ二年も経っていないのに、やけに昔のことのように感じられる。

貴族の女性の間では、ペットを飼うことが流行していた。

女性はあまり自由に外を出歩くことができないから、家の中で楽しめる遊びや趣味が流行る傾向にあるのだ。

そしてそのときの流行は、ペットだった。

昔から猫を飼っている者もいれば、他人に自慢するため別の大陸から珍しい生き物を連れてこさせる者もいた。

父は、アンジェリカのために猫を購《あがな》っていた。

お前も欲しいかと聞かれたけれど、私はいらないと答えた。

私に飼われるペットは可哀相だと思ったから。

愛を知らない私に、ペットを愛せるとはどうしても思えなかったのだ。

物思いにふけっていたら、毛玉が私を誘うみたいに尻尾を振った。

まるで猫の関心を引くおもちゃのように。

それを見て、私は思わず笑ってしまった。

「あはは！　あなたが私をあやしてくれるの？」

笑いながら思う。

――ああ、こんなにゆったりした気持ちになったのはいつ振りだろうか。

アンジェリカが私の目の前に現れてから、私は絶えず心が休まらない日々を送ってきた。

ライオネルの心が離れていくのを、パーシヴァルの社交界がめちゃくちゃになっていくのを、ただなすすべなく見ているとしかできなかった。

勿論、私なりにアンジェリカや彼女と親交を深める男たちを諫めようとはした。

けれど誰も、私の言葉に耳を貸してはくれなかった。異母妹に嫉妬しているんだろうと、見当違いな言葉で詰《なじ》ってくる者もいた。

私は疲れ果ててしまって、婚約破棄が決定して家を追い出される頃には、考えることすら放棄していた気がする。

私が父の子でないはずがないのに、そのことを証明する気力や間違ったものを正そうという気持ちが、ちっとも湧いてこなかったのだ。

思えば、あの頃からずっと私は自分らしさを見失っていた。

他の男たちと同じように、私もまたアンジェリカに毒されていたのかもしれない。

絶えず心を折られ続け、もうまともな思考すらできないように。

「ほほう。ようやく笑ったね」

そのとき、突然背後で声がした。

振り向くと、そこにいたのは外出しているはずのレイリだった。

「い、いつからそこにいたのですか！」

私は思わず後ずさった。

背後に壁があったので、彼女と距離をとることはできなかったが。

「今、さ。あんたの力が随分と回復したのを感じてね」

「私の力が？」

「そうさ。ほら、見て御覧」

そう言って、レイリは顎《あご》をしゃくって毛玉の方を示した。

促されるままそちらに目をやると、緩やかな成長を見せていた毛玉が、ここに来て何かを堪《こら》えるように目をつぶり、全身の毛という毛を逆立てて一回り大きくなっていたのだ。

「なに？　一体どうしたの⁉」

毛玉の異変に、私は慌てた。

だが私の声に反応する余裕がないのか、毛玉は固く目をつぶっている。

「苦しいの？　痛いの？　ねえ、なんとかして！」

私は慌ててレイリに詰め寄った。

この毛玉をどうにかできるのは、私が知る限りこの魔女だけだ。

だが私の慌てぶりをあざ笑うかのように、彼女は冷静だった。

「あんたも、随分と人間らしくなったね。初めて会ったときは人形のようだと思ったものだが」

などと、どうでもいいことを呟きながら顎を撫でている。

その仕草はまるで本当に老婆のようで、見た目とのギャップがひどい。

「そんなことはいいから！」

「まあ、落ち着きな。別に悪いことじゃない。そこの精霊は本来の姿を取り戻そうとしているのさ」

「本来の姿？」

「そうさ。ああ、心配ならその窓から出しておやり。この家の中じゃ窮屈《きゅうくつ》だろうからね」

訳も分からず、私は魔女の言う通りにした。

窮屈も何も私が抱えられるほどの大きさだというのに、この魔女は何事においても説明が足りなさ過ぎる。

すると毛玉が外に出た瞬間、大きな爆音とともに吹き飛ばされてしまいそうな突風が起った。

私は目を開けていられなくなる。

飛ばされないよう、窓枠にしがみついていた。

何がどうなっているのか、ちっとも理解できない。

突風は間もなく止み、私は恐る恐る目を開いた。

目の前にいたはずの毛玉はどこにもいない。

どころか、狩猟小屋の外は一面土煙で周囲の様子を窺い知ることもできなかった。

私は目を凝《こ》らして、必死に毛玉の姿を探す。

もしかしたら先ほどの突風で飛ばされてしまったのかもしれない。

探しに行くにしても、どこかの木に引っかかっているといいのだが。

そんなことを考えている間に、土煙が収まってきた。

草に覆われていた地面が抉《えぐ》れている。ところどころ木々がなぎ倒され、枝が折れていた。

自分がどうして無事なのかと、不思議になるくらいだ。

「随分と派手だねえ。余計な力を使っちまったよ」

緊張感の欠片もない様子でそう言いながら、レイリが小屋から出ていった。

私も彼女の後を追って、小屋の外に出た。

どうやら私と小屋が無事なのは、彼女のおかげらしい。

そう言われてみれば、小屋の周りの地面だけは、抉れることなくそのまま残っている。

どういうことなのか説明を求めようと開いた口が、そのまま開きっぱなしになってしまった。

土煙の中から、白い化け物が現れたせいだ。

白い毛皮と白い翼を持った、それは魔女と同様おとぎ話の中の生き物だった。

「まさか、グリフォン……？」

大きなくちばしと翼を持つ化け物の目が薄紫色だと気がついたのは、それからしばらく経った後のことだった。

グリフォンとは、鷲《わし》の上半身と獅子の下半身を持つ空想上の生き物だ。

いや、空想上の生き物だと思っていた。今日までは。

「ちょ、やめて！」

元毛玉ことグリフォンが、その鋭いくちばしをすりすりと私の顔に摺《す》り寄せてくる。

正直こわい。

なにせ彼の身体は狩猟小屋と同じくらいあるのだ。

その鋭いくちばしでつつかれたら、間違いなく私の命はない。

だが、私の言葉を受けてグリフォンは悲しそうに尻尾を垂らす。

獅子の尾は感情を雄弁に語るらしい。

「ねえあなた、ほんとにあの毛玉なの？」

困って問いかけると、グリフォンはいかにもとばかりに激しく何度も頷いた。

鋭い切っ先のようなくちばしが何度も上下するのは正直こわいが、その仕草には例の毛玉とどこか通じるものがある。

「それにしても、いつまで毛玉と呼ぶつもりだね？　おざなりな名ではこの子も報われまい。折角ずっとお前さんを守ってきたというのに」

レイリにそう言われて、私ははっとする。

確かに実感はなかったとはいえ、このグリフォンはずっと私の傍にいてくれたのだ。

もし魔女の言っていることが嘘だったとしても、森にいる間だけでも傍にいてくれたことでどれだけ救われたか。

今日まで『毛玉』と呼ぶことに何の痛痒《つうよう》も覚えていなかったが、そう言われてしまうと途端に申し訳ない気持ちになった。

「お前、名はなんというの？」

名前で呼ぼうとそう尋ねると、グリフォンは困ったように太い首をひねった。

レイリはひぃひぃと苦しんでいるのか笑っているのかよくわからないような声を漏らした。

「その子に名などありゃしないよ。お前さんの力が回復して、ようやくその姿を取り戻したほどだもの。何か名を付けておやり。そうすればお前さんの生涯の友となるだろう」

どこか予言めいた彼女の言葉に、私はもう一度グリフォンを見上げる。

気のせいかもしれないが、その目は期待で爛々《らんらん》と輝いているように見えた。

確かにこれからも毛玉と呼ぶのはおかしいし、名前がないということなら名付けは必要だろう。

「そうね、じゃあ――ヒパティカと」

私の好きな、花の名前だ。

白い雪をかき分けるようにして咲く、可憐な青紫色の。

花壇に植えられるような花ではないから、誰にも話したことはないけれど。

「ヒパティカ。わかる？　あなたの名前はヒパティカよ」

そう言うと、グリフォンが嬉しげに大きな翼を羽ばたかせた。

すると途端に、周囲に先ほどのような突風が巻き起こる。

「ちょ、やめ……っ」

その勢いは容易く声がかき消されてしまうほどだ。

身に纏っていた簡素なワンピースがはたはたとはためく。

私は命の危険を感じた。

もし飛ばされずに済んだら、この鳥もどきには厳しい躾をしなければならないだろう。

「やれやれ、お前さんと一緒でそう簡単に人の話を聞かない性格のようだ」

風の中で、何故かレイリの声だけが鮮明に聞こえる。

さっさとなんとかしろとばかりにそちらを睨もうとしたら、真夏の太陽よりもまだ強い光が網膜を刺した。

私は驚き、そしてもうだめだとばかりに力尽きてしまったのだった。

＊＊＊

目を覚ますと、見知らぬ顔が目の前にあった。

一瞬レイリかと思ったのは、彼女と同じように白銀の髪をしていたからだ。

けれどよく見ればその色は白銀よりもなお白い。それに彼女と違って肩より短く切られているし、目の色も見覚えのある青紫だ。

少し鋭い目をした少年。

私はその少年の、膝を枕に寝かされているようだった。

「あ……おき、た。セシおきた」

少年が慌てたように両手を振り回す。

言葉が不自由なようだが、もしかして「セシ」というのは私のことだろうか？

「おや、ようやく起きたのかい？」

ひょいと、レイリが衝立《ついたて》から顔を出す。

私はその衝立を見て、ようやく自分が狩猟小屋ではない場所にいるのだと気がついた。

なぜなら狩猟小屋に、衝立なんて気の利《き》いたものはないからだ。

「セシ、よかた。おれ……もうセシ起きない思た」

歳の頃は十二、三歳ほどだろうか。

年齢の割に言葉がつたなすぎる子どもは、その温かい手のひらで私のおでこを撫でた。

勝手に触るなと言いたかったけれど、子どもが涙ぐんでいるのを見て反射的に口をつぐむ。

「あ……」

少年が誰なのかを尋ねようと口を開いたら、喉がひどく渇いていることに気がついた。

これでは口を湿らせないことには、うまく喋れそうにない。

口をパクパクさせていると、少年よりも先にレイリの方が私の異変に気づいた。

「もう随分と寝ていたんだ。水を飲ませておやり」

レイリがそう言うと、少年は慌てたように立ち上がった。

すると当たり前のことだが、私の頭が少年の膝から落ちる。

一瞬本気で死ぬかもしれないと思ったが、幸運なことに膝の下にあったのはクッションの利いた寝床だった。

つまり私は、どこかの寝台の上でわざわざ少年に膝枕をされていたという訳だ。

それにしても、この少年はその美しい外見に反して少々鈍くさい。

今も、クッションが吸収しきれなかった衝撃に呻《うめ》く私をしまったという顔で見下ろしている。

「おやおや。セシリア、そんなに怒るな。ヒパティカはずっとお前さんを心配してたんだよ」

レイリが呼んだ名は、私が意識を失う前グリフォンに名付けたはずの名前であった。

少年は寝台から降りると、はらはらした表情で私とレイリの顔色を窺っている。

私の処理能力はもう限界だ。

いっそ再び気を失ってしまいたいと、私は頭を抱えた。

「あなた本当に、ヒパティカなの？」

信じたくない気持ちで少年に問いかけると、彼は大きな薄紫色の瞳に大粒の涙を浮かべて、それが零れないように必死に堪えていた。

さきほどまでばたばたと大きく動いていた両手は、今は床に向かって真っすぐに垂らされ両方とも固く握りしめられている。

「おれ、セシやくたちたい。おれじゃま?」

そう尋ねられて、邪魔だと答えられる人間がどれほどいるだろうか?

確かにまあ、風で吹き飛ばされかけたり、たった今膝枕から落とされたりと色々言いたいことはある。

けれど、この子どもにはそれが悪いことだとわからなかったのだ。

だとしたら、それは教えなかった方が悪いのである。

なにより、誰かのために役に立ちたいと頑張る姿が、昔のまだ何も知らなかった頃の自分を思い起こさせた。

私はそっと手を伸ばすと、あちこちに飛び跳ねている白い髪をゆっくりと撫でる。

「いいえ。邪魔なんかじゃないわ。起きたときに傍にいてくれて、ありがとう」

すると、堪えていたであろう涙が、ぽろりと零れ落ちた。

大きな目が落ちてしまうんじゃないかと、心配になるような涙だった。

「セシリャ!」

舌ったらずに私の名前らしき音《おん》を叫んだ少年は、どうにか体を起こしていた私に勢いよく抱き着いてきた。

さすがに少年と呼ぶには少し大きいその子の体を支えられず、再びシーツの上に横になる羽目になる。

せめてもの救いは、今回は予想できていたので頭を打ちつけずに済んだということだろうか。

それにしても。

「人の姿で、そう簡単に異性に抱き着いてはいけないわ。勿論グリフォンの姿をしているときにも」

ひとまず注意すると、ヒパティカが不思議そうに首を傾げる。

その表情が幼いからこそ少年だと思えるが、体の大きさは私とそう変わらない。

「これからも一緒にいるなら、何がしてよくて何をしたらダメなのか、きちんと学んでちょうだい」

驚いたように、彼は私を見つめた。

「いいの？　いっしょにいても」

「ええ。あなたの方こそ、こんな私でいいの？　レイリと一緒にいた方がいいのでは……」

「セシリヤがいい！」

私が言い終える前に、ヒパティカが叫んでいた。

あまりにも近くで叫ばれたのでガンガンと頭に響く。

またやってくれたなと思いつつ、私の胸には言葉にできないくすぐったい様な感情が広がっていた。

思えば、今まで進んで私と一緒にいたいなんて言ってくれた人がいただろうか。

国を追い出されても行動を共にしていた母すら、お前さえいなければと何度も呪詛《じゅそ》のように呟いていたのに。

もう誰にも心を許さず生きていこうと決めていたのに、こんなやり方は卑怯だ。

こんなにもまっすぐに見つめられては、否《いな》と言うことなどできるはずがない。

私はおそるおそる、ヒパティカの背中に手を回した。

でも考えてみたら、誰かと抱きしめ合うなんて初めての経験で戸惑う。

今までダンスは嫌になるほどやってきたけれど、こんな風に親愛の情を示すために抱き合ったことなんて一度もない。

両親にすら、一度もされたことがないのだ。

結局私は、ヒパティカをしっかりと抱きしめ返すことができなかった。

硬直した私を、ヒパティカはただ不思議そうな顔で見つめていた。

＊＊＊

「セシリャ」

「セシリアよ。ヒパティカ」

「セシリャ」

何度教えても、ヒパティカは私の名前をちゃんと呼ぶことができない。

見た目が十二、三歳ほどなのに、これは問題だと思う。

「レイリ。これは治るの？　まさかずっとこのままなんじゃ……」

もしやと思って尋ねると、優雅にお茶をしていた魔女は大口を開けて笑った。

「ひっひっひっ！　そりゃあいい。かわいいじゃないか」

「他人事ね。このままじゃヒパティカが苦労するわ」

私はレイリの無責任さに腹が立った。

本体は純白のグリフォンであるヒパティカだが、ずっと私といるというのなら最低限人間の言葉や習慣を覚えてもらわねば困る。

そうじゃなければ、一人と一匹で一緒に人里離れた森にでも篭らなければならない。

（いや、考えようによってはそれも悪くないかも？）

私はその突飛《とっぴ》とも言える思い付きを頭の中で検討してみた。

だが、すぐに食料問題にぶち当たり首を左右に振る。

女一人で自給自足なんて到底無理だ。

お針子をしていたので繕い物ならなんとかなるが、畑を作って食料を生産するというのはやはり厳しい。

まして、最近わかったことだがヒパティカはよく食べる。

テオフィルスの次期国王であるアルバートの庇護《ひご》下でなければ、私たち一人と一匹はすぐに食料を食べつくし飢え死にしていたかもしれない。

そう、私は強風で気を失っている間に、レイリによってテオフィルスの城に戻されていた。

私が目覚めた大きな寝台は、城内にある客室のそれだったわけだ。

レイリがその細腕でどうやって私を運んだのか知らないが、とにかく私はひと月ぶりに文明的な生活を取り戻していた。

今は目が覚めてから眠るまでヒパティカにつきっきりで、人間としての暮らし方を教えている。

言葉遣いからもわかるように、この獣だか人間だかは知識レベルでは当たり前のことさえ知らない赤子と同じだ。

何度も嫌気がさしたが、それでもまるで雛鳥《ひなどり》のように私の後をついて回るその姿を見ていると、どうしても突き放すことができないのだった。

「魔女を守る守護精霊とやらは、みんなこんな風に手間がかかるの？」

思わずレイリに尋ねると、彼女は意地の悪い顔をした。

「ヒパティカは特殊なのさ。普通守護精霊は生まれたときから魔女の傍にいてお互いに補い合って成長するものだが、主人の魔女がとんでもない鈍感でこの年までその存在にすら気づいていなかったんだから」

この言葉には私も驚かされた。

では守護精霊は生まれたときから見えるのが普通だというのか。

「まあ、一概にそうとも言い切れないがね。なにせ魔女はその全体数が少ない。過去の記録を数えても両手で足るほどだ。その数少ない実例の中で普通と例外を分けたところで、なんの参考にもなりゃしないよ」

何も言っていないのに先回りして答えられ、私は黙り込んだ。

確かに彼女の言う通り、比較検討しようにもそれではサンプルが少なすぎる。

先例がないのなら、これはこういうものなのだと手探りでいくしかない。

私はヒパティカの顔を見た。

私と同じ薄紫の瞳を真ん丸にして、こちらをじっと見つめている。

人の姿をしているというのに、そのお尻に尻尾が見えるようだ。

まるでお預け状態の犬のようで、こちらも何か褒めてあげなければいけないような気がしてくる。

その頭を撫でようと手を伸ばしかけたその時、部屋の扉をノックする音が響いた。

続きの間から、新たに付けられた侍女が顔を出す。

その顔を見ただけで、私は彼女の用件に見当がついた。

「セシリア様。王太子殿下がお越しです。お会いになりますか?」

貴族が面会を求める時は事前に連絡をするのが通例だが、彼は王太子で、そして私はその城に滞在する客人だ。

拒否できるはずもなく、しぶしぶ頷く。

それに、アルバートが突然訪ねてくるのは初めてのことではなかった。

狩猟小屋からこっちに移って以来、つまり城に戻ってからは毎日のように、お茶の時間になると私のところにやってくるのだ。

王太子とはそんなに暇な役職ではなかったと思うのだが、セルジュが困っている様子もないので片付けるべきものはきちんと片付けてきているのだろう。

「じゃあ、今日は天気がいいからテラスでお茶にしましょう。準備してもらえる?」

「かしこまりました」

侍女が扉を閉めると、私は特に理由もなく背筋を伸ばした。

本来ならアルバートとの面会用にアフタヌーンティー用のドレスに着替えるところだが、私はもう公爵令嬢ではないので今のままの格好でも問題はないだろう。

朝着替えさせられたドレスは私の目の色と同じ青紫で、白いレースがアクセントになった可愛らしい意匠の物だった。

少し可愛らしすぎて自分には似合わないのではという気がしなくもないが、流行り始めたばかりのクリノリンを用いない装飾の少ないドレスは、動きやすくて気に入っている。

一度社交界から離れドレスに縁のない生活を送った身としては、もう二度とゴテゴテしたドレスなんて着たくないというのが本音だった。

「準備ができました。王太子殿下がお待ちです」

物思いにふけっていたら、いつの間にか準備が整っていたようだ。

さすがに城の召使は仕事が早い。

「今行くわ」

私はそう言うと、ヒパティカとレイリを連れてテラスへ向かった。

アルバートの用というと、どうせパーシヴァルのことに違いない。

その割に、アルバートとの会話はいつもどうでもいい話ですぐ脱線する。なのでレイリがいれば、魔女についてのきちんとした話し合いができるだろう。

私はいよいよ、アンジェリカが魔女で彼女の魔法にかけられたパーシヴァルをどうするのかということを考えなければいけない局面を迎えていた。

もう二度と関わり合いになりたくないというのが一貫した私の考えではあるが、そう言い続ける限りアルバートに付き纏われる気がする。

ならいっそのことアルバートを利用してでも、アンジェリカに一矢報《いっし》いることを検討すべきなのかもしれない。

「いい天気だな」

今日も今日とて、アルバートはそう切り出してきた。

「そうですわね」

この返事も、いつもと変わりない。

たまに「そうですか?」とか、「雨ですけど……」と天気によって差異がでることはあれど、内容のなさは同じである。

正直、どうして執拗《しつよう》に天気の話を出すのだろうと、こちらとしては首を傾げてしまう。

少なくとも私の記憶にあるアンジェリカに出会う前のアルバートは、そこまで天気に関心を持っている人間ではなかったので尚更。

これもセルジュの言う、アンジェリカに魅了されていた副作用というやつなのだろうか。

そのまま、ぎこちなくティーカップに口を付けたアルバートに、私はため息をついた。

いつもこうだ。

王家の森から戻って以来、アルバートは毎日私を訪ねてくるけれど、再会したときの熱意はどこへやら。

パーシヴァルでのことを思い出したくないのか、あまりその話はしたがらない。

最近では、わざと避けているようにすら感じられる。

「そろそろ、本題に入ってはいかが?」

「え?」

しびれを切らしてこちらから口火を切ると、アルバートは一瞬ぽかんと口を開けてひどく間抜けな顔をした。

「パーシヴァルのことです。わたくしに、アンジェリカからかの国を取り戻す手伝いをせよとおっしゃるのでしょう?」

するとアルバートは、一瞬本気で何を言われているかわからないという顔になった。

これにはこちらが首を傾げてしまう。

おかしいだろう。

てっきり、アルバートは自国のために、パーシヴァルの騒乱の種を除きたいのだと思っていた。

再会した直後にも私を鼓舞《こぶ》したほどなのだから。

アルバートはしばらくしてようやく私の言葉を理解したのか、慌てて頷いた。

「そ、そうだ。辛いだろうが、協力してほしい。かの王宮からアンジェリカを除き、君の名誉を回復しなくては……」

「別に、わたくしの名誉なんてどうでもいいですわ。そんなものでお腹は膨れませんもの。もしそのためにあの国に戻れと言うのなら、やっぱりこのお話はお断りいたします」

「いや！　勿論そのためだけという訳ではない！　前にも言ったと思うが、アンジェリカによってあちらの王宮は現在ひどい状態だ。おそらく私や君が知るよりも、事態は悪化しているだろう。私はこの国の王子として、そして自らの過ちを正すために、彼女の暴虐を止めねばならないと思っている。もうこれ以上、彼女やその周りにいる男たちのせいで、不幸になる人間を出してはいけないんだ。私は……」

自ら手にかけたという、貴族子息のことを思い出しているのだろう。

彼はテーブルに載せた拳をきつく握りしめた。

「お綺麗なおためごかしね」

思わず、冷たい言葉が口から零れ落ちる。

この男には、誰かのためにという言葉を使ってほしくなかった。

綺麗な言葉なんて、もうたくさんなのだ。

そんな言葉で誰かを、この男を信じようなんて気にはとてもなれない。

「最初に申し上げた通り、わたくしはもうあの国と関わりたくないのです。本当はその名を耳にすることすら嫌。あなたがこれ以上耳障りのいい御託《ごたく》を並べ立てるようなら、わたくしはすぐにでもこの城を出ます。あのときはできなかったけれど、今はヒパティカがいますもの」

そう言って隣の席でむしゃむしゃとスコーンを咀嚼《そしゃく》する少年を一瞥《いちべつ》した。

グリフォンの姿になった彼に乗れば、たとえ女一人でもアルバートの手の者に掴まることなくこの国を出ることができるだろう。

では何故今日までそうしなかったのかと言われると、その理由は自分でもよくわからないのだが。

ただなんとなくだが、再会した日以外まるで何もなかったような顔で天気の話を繰り返すアルバートが、以前のように取り乱すところを私はもう一度見たいのかもしれない。

こんな意地の悪いこと、公爵令嬢だったときは考えもしなかった。

「そんな……」

握りしめられたアルバートの拳が、ぶるぶると震えだす。

「呆れました？　あなたの知る正義感溢れるセシリアはもうどこにもいないのです。ここにいるのは、疲れ果てて倦んだ意地の悪い女一人ですわ。ですからわたくしの協力を得ようなんて甘ったるいお考えは、改められた方が――……」

そこまで言って、私は言葉を途切れさせた。

何故かと言うと、先ほどまで震えていたアルバートの手が素早く私の手を攫《さら》い、まるでおとぎ話に出てくる騎士のように私の指先に口づけていたからだ。

「素敵だ……」

それは振り払う間もないほど、あっという間の出来事だった。

「は？」

「いや、以前から君は美しかったが、つらい経験を経てまるで蛹《さなぎ》から羽化《うか》した蝶のように、趣《おもむき》深い色彩を放つようになった。君の毒にならば、私は喜んで殺されよう……」

いや、本当にどうした。

彼の言葉には突っ込みどころが多すぎて何から指摘していいかわからないほどだった。

まず蛹だったということは、それ以前は芋虫だと思っていたのかとか、毒がある蝶ってそれ蛾《が》じゃないのかなどなど。

しかし何を言ったところで、アルバートは止まりそうにない。

救いを求めるように周囲に目をやれば、少し距離を置いてこちらを見守っていたセルジュは頭を抱えているし、レイリはお腹を抱えて爆笑している。

「は、離してください！」

とりあえずアルバートの背中がむずがゆくなるような口上《こうじょう》をやめさせようと試みるが、彼は陶酔したような顔でこちらを見上げている。

なんだこれは。

レイリが術を施した副作用だとしたら、人の尊厳を根こそぎはぎとる、なんて厄介な副作用だろうか。

先ほどまでの強気な自分はすっかりなりを潜め、どうしてもっと早くこの城を去らなかったのかと私は心底後悔した。

辺りには相変わらずレイリの笑い声が響いている。

なんで私ばかりこんな目に――どうしても、そう思わずにはいられなかった。

「笑っていないで、何とかしてください！」

私はレイリに向かって叫んだ。

アルバートはどう考えても、私の話なんて聞いていない。

いや、正しくは聞いているかもしれないが聞き入れる気がないようだ。

その証拠に、私の指先をちっとも離そうとしない。

振り払おうとしたら、軽く持ち上げていただけの指に力が入って完全に手を拘束されてしまった。

近くで事の成り行きを見守っていたセルジュは呆然と立ち尽くしているし、ヒパティカはクロテッドクリームたっぷりのスコーンに夢中だ。

唯一事態をどうにかできそうなレイリはといえば、笑い過ぎて苦しいのか目尻に浮かんだ涙を拭っている。

「セシリア。君はひどい。君にこんなにも焦がれる私が目の前にいるというのに、どうして視線をそらしたりするんだ？　ああ私の女神。どうか憐れな下僕に慈悲を与えてくれ……」

アルバートのあまりの変わり様に、鳥肌が立った。

比喩ではなく、本当に寒気を感じてぶるぶると体が震えた。

アルバートはまるでパーシヴァルにいたときのようだった。

こちらの話など一切聞かないその様は、私に貶められ続けたつらい過去を思い出させた。

「レイリ！」

いい加減に助けてくれとばかりに叫ぶと、笑いつかれたらしいレイリが人差し指をその場でくるりと回した。

するとその指先から糸状の光のようなものが現れて、まっすぐにこちらを見やるアルバートの顔の周りを螺旋《らせん》状になって取り巻いた。

しばらくしてその糸が空気に溶けるように消え去ると、アルバートの目は理性の色を取り戻し、己が私の指先を掴んでいることに気づいてひどく動揺していた。

「す、すまない……記憶が途切れているのだが、私は君に何か失礼なことをしただろうか？」

大きな身体で、まるで叱られるのを待つ子どものようにアルバートは悄然《しょうぜん》としてしまう。

何があったのか聞きたいのはこちらの方だ。

私はアルバートの問いに答えず、にやにやといやらしい笑みを浮かべるレイリを睨みつけた。

「笑ってないで説明してください。今のは一体どういうことなのですか？」

先ほどのアルバートの態度は、明らかに異質だった。

確かに美辞麗句を並べ立てるタイプの人間もいるにはいるが、私が知る限り彼はそういった人間ではなかったはずだ。

「副作用、と言ってもいいかもしれんな。ようはお前に魅了されたんだ。セシリア」

「魅了？　わたくしに？」

アルバートがかつて魅了をかけられていたのはアンジェリカのはずだ。

そして魅了とは、魔女だけが使うことのできる邪法のはずである。

その素質があるとは言われているが、私は魔法の使い方など知らない。第一知っていたとしても、アルバートに対して使う利点が全くない。

そんな私の思考などお見通しだとでも言いたげに、レイリは言葉を続けた。

「ああ。解呪したとはいえ、アルバートは魔女の影響を受けやすくなっている。魅了とはそもそもわずかな好意を増幅する魔法。もともと好意を――それも並々ならぬ好意を持っていれば、いたずらにそれが増幅されて暴走することもあるだろう」

つまり、レイリはアルバートの私に対する友愛《ゆうあい》が増幅された結果、先ほどの状態になったと言いたいらしい。

レイリの話を聞いて、アルバートは真っ青になっていた。

「わ、私は君に一体何を……」

彼は落ち着こうと目の前に置かれたティーカップに手を伸ばすが、動揺のせいでカップとソーサーがカチャカチャと甲高い音を立てている。

これにはさすがに、私も同情してしまった。

わずかな好意さえあればそれが増幅されて無差別で口説いてしまうなんて、多くの人に会わねばならない王太子としては致命的だろう。

私は今まで半信半疑だった、パーシヴァルの人々がアンジェリカによって操られているという話に、改めて恐怖した。

もし私が他の人々のように操られていたとしたら、好きでもない相手に愛を囁き知らぬ間に罪に手を染めていた可能性すらあったわけだ。

もしそんなことになっていたとしたら、私は自分で自分が赦せなかっただろう。

そのとき初めて、アルバートが感じた苦しみの一片を知ることができた。

私は二度と心を赦さないと思っていた彼を、改めて見つめた。

アルバートは悄然として、黙って目を伏せていた。

先ほどまで、怖いぐらいまっすぐにこちらの目を見つめていたというのにだ。

「どうにかならないのですか？　この先、誰でもあんなふうに口説いていては国政に支障が出ます」

そう言うと、何故かレイリは再び笑い出した。

セルジュはなんだか居た堪れないような顔で主を見つめているし、私を口説いたショックからかアルバートはうつむいたままぶるぶると震えている。

「笑い事ではありません！」

「ひひっ！　ひー苦しい……悲しいぐらい伝わらないねえアルバート。ここまでくるといっそあっぱれだ」

レイリがそう言うと、項垂れたアルバートの肩が更に一段階下がった気がした。

「は？　一体何を――」

「まあまあ、そうカッカするでないよ。その心配はない。相手が魔女であるお前さんだから症状が出てしまっただけで、アルバートもセルジュもほとんど癒えておるのだ」

「それは、本当ですの？」

先ほどまで笑っていた相手の話だ。

どこまで本気なのかわからず、私はレイリとセルジュの顔を交互に見つめた。

「本当だとも。だが、再びアンジェリカとやらに関われば引き戻される可能性が常にある。だからこそ、あの国を救うにはお前の協力が不可欠なのさ。魔女の誘惑に耐えられる人間は少ない。あちらがお前を執拗に追い出そうとしたのも、それが理由だろう。アンジェリカにとって、お前は何があっても追い出したい恐ろしい相手だったのさ」

そんな風に考えたことはなかった。

アンジェリカがまさか、私を恐れていたなんて。

だがそう考えてみると、色々なことに得心がいく。

彼女は私を社交界から追い出すだけでは飽き足らず、わざわざ母親共々国にいられないよう追い詰めたのだから。

「なあセシリア。少し一緒にいただけでもわかる。お前は誇り高い娘だ。それが、このままやられっぱなしでいいのかい？　お前はいいかもしれない。だがお前の母親は、実の娘もわからなくなるほどの屈辱を受けたんだ。その屈辱を返さずにいていいのかい？　お前のプライドをズタズタにした相手をそのままにしていいのかい？」

魔女がまるで魔法にかけるように、ゆっくりと私に語り掛ける。

それは悪魔の声だった。

私の弱い部分をくすぐる計算高い悪魔。

安い挑発だ。そう自分に言い聞かせても、身の内に溜まった怒りはまるで手負いの獣のように毛を逆立てて身震いをした。

「……わかりました」

私はきっとそのときに、悪魔に魂を売り渡したのだ。

さて、正義感一割私怨九割でパーシヴァル行きを引き受けたはいいが、問題はあちらの王都に行く方法である。

やってきたときのように平民に紛れて入国してもいいが、それにはいくつかの問題があった。

その問題の中で最も高い障壁《しょうへき》となるのが、テオフィルスと接する国境に領地を持つのが私の実家であるブラットリー公爵家だということだ。

こちらに来たときはまだ、私が母の不義の子だという醜聞《しゅうぶん》が出回っていなかったので、危ういながらになんとか平民のふりをして通過することができた。

だが、今頃はおそらくその情報も広まっているだろう。

それどころか、アンジェリカのことだ。

私の留守をいいことに、あることないこと言い募り私と母をすっかり悪役に仕立て上げているに違いない。

領民の中には、私の顔を知っている者も少なからずいる。

今まで公爵家の娘だとありがたがっていた相手が不義の子であると知れば、彼らは当然怒りを覚えるだろう。たとえ、そんな事実はどこにもなかったとしても。

同じことを考えているのか、パーシヴァルへの帰国を決意した私を、アルバートは複雑そうな顔で見つめていた。

「セシリア。言いにくいが君は……」

そんなアルバートの言葉を、私は遮った。

「わかっているわ。パーシヴァルが危険だということは。王都でも領地でも、どうせ私は口汚く罵《ののし》られているんでしょうよ。でも、それが何か？　あの国に行ってくれと望んだのはあなたではないの？」

ぐうに音《ね》も出ないのか、アルバートは悲しげな顔で黙り込む。

「やめてよ、そんな被害者面《づら》するの。あなたは加害者よ。パーシヴァルの貴族を殺し、私の排斥に手を貸し、魅了とやらに操られていたとはいえ諸悪の根源であるアンジェリカに手を貸したんでしょ？　今更、自分の意志じゃなかったなんて言っても通るはずがないわ。やられた方はそんなこと関係ないもの。例えばあなたが殺されたとして、そんなつもりはなかったと言われて納得できるの？」

傷だらけになった私の心は、向き合う相手を常に傷つけなければ気が済まないようだった。

特に今までは関わり合いになるまいと抑えてきた気持ちが、パーシヴァル行きを決めた途端あふれ出た。

もう二度とその地を踏むことはないだろうと思っていた母国に、危険を承知で私は向かうと決めたのだ。

もしかしたら死ぬかもしれないし、ここへ来たときよりもひどい日に遭うかもしれない。

それでも、必死の思いで手に入れたテオフィルスでの平穏を捨てて、私はあの国に向かう。

ならば王太子が相手だろうと、止める者がいないこの機会に少しでもアルバートを傷つけなければ気が済まなかった。

アルバートからは既に謝罪を受けているが、その謝罪を受け入れるとは誰も言っていない。

私の怒りは地獄の業火となって身の内でくすぶり続け、何があろうとも決して消えるということはないのだ。

アルバートはすっかり気落ちしているように見えた。

だが次の瞬間、顔を上げた彼の目には何かを決意したような光があった。

「そうだ。私は罪を犯した。取り返しがつかないことは承知の上だ。だが、私はこうしてこの国で生きている。生きているからには、己が成すべきことを成さねばならない」

堂々としたアルバートの態度に、今度はこちらが気圧される番だった。

「なによ。開き直っているの」

もういい加減、アルバートに八つ当たりをしても仕方がないことはわかっている。

彼はアンジェリカに手を貸しただけで、諸悪の根源はあの悪辣《あくらつ》な異母妹なのだから。

それでも、どうしても、私は彼を赦すことができなかった。

アルバートは、ゆるく首を左右に振ると、私の目をまっすぐに見てこう言った。

「いいや。君のお陰で、決心がついた。今日はここで失礼する」

そして言うが早いか、テーブルを離れて去っていってしまった。

突然の退場劇に驚き、私はその背中を呆然と見送ることしかできなかった。

「はっはっは」

魔女が、楽しそうに笑い声をあげる。

「これは愉快だ。お前さん、獅子の尾を踏んだかもしれんぞ」

レイリは私を脅したいようだが、もう失うものなどないのだから恐れる必要があるとは思えなかった。

「随分な過大評価ですこと。彼が王太子なら、テオフィルスは安泰ですわね」

私が嫌味を言っても、レイリは怒るでもなくただにやにやと笑いを浮かべているだけだった。

陰謀渦巻くパーシヴァル宮廷にも、彼女ほど本性の読めない人はいなかった。

なんとなく薄気味悪いものを感じて、私は不思議そうに首を傾げているヒパティカと顔を見合わせたのだった。

# 第四章　歌と旅芸人と私

祖国に戻ると決めてから、出発の日までは本当にあっという間だった。

おそらくアルバートは――というかその側近であるセルジュは、あらかじめ私が承諾することを見越して準備を進めていたのだろう。

私が乗る馬車の手配も、ピアとしての経歴も、そしてテオフィルスからパーシヴァルに向かう偽りの理由も、何もかもがぬかりなく用意されていたのだ。

むしろ、私の承諾が一番最後だったのではないだろうか。

とにかく、私はピアとしてパーシヴァルの王都に向かうことになった。

セルジュが私に用意していたのは、テオフィルスからあちらに向かう商隊の下働きの仕事だ。

念には念を入れて、商隊の人たちにも私の正体や目的は話していないという。

私の正体を知っているのは、旅に同行するレイリとヒパティカ。それに商隊長だけだ。

平民が旅する上で商隊に同行するほど安全なことはないとセルジュには力説されたし、パーシヴァルから逃げている間のことを思えば商隊での下働きなどちっとも苦ではないのだが、ここまでぬかりなく用意されているとなんだか腑に落ちないものを感じる。

そう感じるのは、私の性格がひねくれているからだろうか。

「なにかあればこちらの商隊長がなんでも取り計らってくれます。多少はご不便をおかけすると思いますが、これが最も安全な方法であるとご理解いただければ幸いです」

商隊長だという男はクレイグと名乗り、これといった特徴のない顔に人のよさそうな笑みを浮かべて帽子を脱ぎ挨拶をした。

「この男は、我が国の諜報《ちょうほう》部員でして。パーシヴァルの地理にも通じておりますので、きっとセシリア様のお役に立てると思います」

セルジュはこともなげに言うが、それはつまりこの男がテオフィルスのスパイということだ。

「そんなこと、私に話してしまっていいの？　国家機密じゃないの……」

思わず狼狽《ろうばい》していると、セルジュはその不愛想な顔にうっすらと笑みを浮かべた。

「セシリア様の信頼を一度裏切ってしまった以上、嘘を重ねることはできません。どんなことでも嘘偽りなくお話しするようにと殿下のご命令でして」

思わず半開きになっていた口を、私は意識して閉じた。

どうやらアルバートは誠意を見せたいらしいが、これしきのことで私が怒りを解くとでも思っているのか。

私はため息を吐《つ》くと、なにも見なかったし聞かなかったと自分に言い聞かせた。

「まあ、私にはもう関係ない話だわ」

今のやり取りだけで、ひどく疲れた気がする。

「我が商隊は小規模ではありますが、実績があり多くのお客様から信頼を得ております。また今回はパーシヴァル王家ご注文の品をお届けする旅ですので、関門《かんもん》もさほど労なく抜けることができるでしょう」

これから国を追い出された女を運ぶという気負いは、男からは一切感じられなかった。

おそらく己を偽るのが得意なのだろう。

それは男がスパイだからなのか、それとも商人だからなのかはわからなかった。

「なるほど。あなたに頼むのが最善というのはわかりました。私も異存はないわ。セルジュ、もし私に何かあったら、お母さまをお願いと殿下に伝えて」

私がいなくなって、悲しむ人はもういない。だから死ぬことは恐ろしくない。

でも母に何かあったらと思うと、この地を離れるのが恐ろしく思える。

公爵家を追い出されてからずっと、正気を失った母だけが私の生きる理由だったのだから。

ちなみに、アルバートとはあの庭で話して以来一度も会っていない。

私の態度に気分を害したのかもしれないし、ようやく再開し始めた公務が忙しいのかもしれない。

あるいはその両方か。

どちらでもいい。

もう二度とアルバートと顔を合わせずに済むなら、それはせいせいするというだけの話だ。

彼に少しでも誠意があるというのなら、母が安心して暮らせるよう取り計らってほしい。

私の中にある願いらしい願いは、もうそれしか見つからなかった。

公爵令嬢だった頃はもっといろいろな望みを持っていたような気がするけれど、今の私はそうした甘ったるいものを全て削《そ》ぎ落したただの貧相な抜け殻だ。

そう思うと、なんだか少しだけおかしくなって笑った。

ふと、袖を引かれてそちらに目を落とす。

袖を引いていたのは隣にいたヒパティカだった。

体の割に言葉足らずな彼は、眉を寄せ悲しそうな顔で私を見上げていた。

「セシ、かなし？」

この子どもは、まだ私の名前を正しく発音することができない。

そして言葉もたどたどしいが、決して言葉を理解していないということではない。

「悲しい？　そんなことはないわ」

正直に答えたつもりなのに、ヒパティカは不満そうにもう一度袖を引っ張った。

繊細なシルクが伸びてしまう。

やめなさいと注意しようとして、何故だかできなかった。

「セシ、おれいるよ。もうひとりじゃないよ」

まるで私をなだめるようにそう言って、ヒパティカは私に抱き着いた。

何かあるとこうして抱き着いてくる癖を矯正しなくてはと思うのに、声が出なくなるのは何故なのか。

「ひひ、いいぞ。もっとその娘を黙らせるんだヒパティカ」

訳知り顔で、レイリが笑い声をあげた。

＊＊＊

テオフィルスの王都を出ると、すぐに辺りは牧歌的な景色となった。

青々とした小麦が揺れ、農民が汗を流している。

やってきたときにはそんなこと気にする余裕もなかったが、今は心に余裕が出てきたのか素直に美しいと思えた。

大人数で乗り込む馬車は蒸し暑くよく揺れたが、追われている我が身を思えばむしろこの環境がありがたい。

ヒパティカは物珍しいのか、馬車から身を乗り出して外の景色ばかり見ている。

馬車は男女に分かれているのだが、ヒパティカは無理を言ってこちらに乗せてもらった。

目を離すと何をしでかすか心配だったのだ。

見た目は既に少年期を脱しようとしているヒパティカだが、その言葉足らずな様子を勝手に勘違いしてくれたのか、商隊長以外の同行者たちもなんとか同意してくれた。心なしか同情の視線を向けられている気もするが、気にしないことにする。

「ねえねえ！　あんたはどこまで行くの？」

話しかけてきたのは、癖のある黒髪に小麦色の肌を持つ若い女性だった。

彫りが深くその容姿は美女と言っていい。

肌の白さを美しさと定義する宮廷では見ないタイプだが、好奇心で爛々と輝く漆黒の瞳を私は素直に美しいと思った。

どうしてだろうか。

お針子をしていたとき、周囲にいる女の子は全て敵のように見えていたというのに。

それは傍にヒパティカがいる心強さのせいかもしれないし、あるいは母という守るべき存在を置いてきたことで警戒心が下がっているせいかもしれなかった。

「あたしの名前はマーサ。歌を歌いながら、こうして各地を旅しているのよ」

「歌？」

尋ねると、彼女は荷物の中から素早くリュートを引っ張り出した。

「これがあたしの相棒。名前はサーラって言うの。それで、あなたたちの名前は？」

どうやら彼女は、リュートに名前をつけ旅の供としているらしかった。

それがおかしくて、ついするりと言葉が出た。

「ピアよ。こっちが弟のヒパティカ。あっちが叔母《おば》のレイリ」

一応、これがこれから旅する上での私たちの設定である。

レイリも私同様髪を黒く染めているので、顔は全く似ていないものの親類に見えないこともない。

「そう、よろしくね！」

そう言って、マーサは私たち三人に握手を求めた。

まだまだ警戒を解く気にはならないものの、私は彼女に好感を抱いた。

「こうして乗り合わせたのも何かの縁だから、今だけただで歌っちゃうよ。なにかリクエストはない？」

マーサが馬車に乗る全員に向けてそう言うと、何人かがそわそわしはじめた。

どうやらリクエストしたい曲があるらしい。

「さあさ遠慮なく！」

その言葉に背中を押されたのか、馬車の奥で大人しくしていた女が突如として口を開いた。

「じゃあ、〝お姫様の歌〟を歌っておくれよ！」

途端、馬車の中にきゃあきゃあと小さな悲鳴がこぼれる。

どうやらその〝お姫様の歌〟というのは、随分と有名な曲であるらしい。

少なくとも私は、そんな曲を耳にしたことはない。おそらくここ最近作曲されたか、彼女のような流しの音楽家などの間で演奏される曲なのだろう。

そういえば、音楽を楽しむなんてそれこそ公爵家から追い出されて以来初めてだ。

私の名前で支援していた楽団も、今頃はどうなってしまったことか。

「わかったわ！」

そう言ってマーサが歌い出したのは、予想していたよりもゆったりとした曲調の歌だった。


ある日養護院で暮らす少女の許に魔女がやってきて、お前は本当はお姫様なんだよとささやく。

少女の目はサファイアのように美しい青。その目の色こそお姫様の証だと。

魔女は彼女を、本当の父親の許へ連れていく。しかしそこには少女の代わりに、偽者の悪役が好き勝手振る舞っていた。

お姫様に成り代わり、王子と婚約して幸せそうにしている女。

少女は魔女に願う。あの女から全てを取り戻したいと。

魔女は少女の願いを叶え、彼女が望むものはなんでも与えた。

お金持ちの父親。優しい弟。王子様の婚約者としての立場。

時に、別の魅力的な男性が現れ少女は心揺れる。明晰《めいせき》な伯爵子息。剣技に優れた将軍の息子。そして隣国の美しい王子。

彼らの求愛に翻弄されながら、少女は王子の婚約者として、やがて王妃という地位にまで上り詰める――。

歌の最初から覚えていた違和感が、『悪役』という言葉を耳にし、いよいよこれが偶然ではないと思い知らされる。

この歌はまるで、私たちのことを歌っているようだ。

公爵位を持つ金持ちの父親。優しい弟のレオン。明晰な伯爵の息子クリストフ。将軍の息子バーナード。そして隣国の王子アルバート。

固有名詞が使われていないだけで、これは私が経験した出来事を全く逆の立場から見た物語だった。

私が真実公爵の娘であることも、哀れにも絶縁された母のことも伏せられた、お姫様の幸せのためだけの物語。

私は吐き気がして、思わず口元を押さえた。

そんな私を、ヒパティカが心配そうに支える。

レイリは何も言わず、黙り込んでいた。

「ちょっと、馬車に酔ったのかい？」

マーサが私の不調に気づき、リュートを奏でる手を止めた。

マーサの歌に耳を傾けていた女たちは、少し残念そうにしながらもうっとりと物語の余韻に浸《ひた》っている。

誰かにとっては不幸のどん底にたたき落とされるような出来事も、語り口を変えれば女たちが憧れるおとぎ話へと変わる。

あの日アンジェリカにささやかれた『悪役』という言葉を、私は今になっていやというほどかみしめていたのだった。

「はは……」

歌の余韻を楽しむ馬車の中に、小さな笑い声が零れた。

「あーっはっはっはっは！　傑作だわ！」

やがて大きな笑いとなったその声の出どころは、勿論私だ。

突然笑い出した私を、女たちは驚いたような顔で見ていた。

「ごめんなさい。あまりにも素敵な歌だったから」

「そ、そう……？」

さきほどまでにこやかだったマーサの顔が、引きつっている。

だって、これが笑わずにいられるだろうか。

私のことをすっかり悪者のように仕立て上げた歌。

アンジェリカのせいで起こっている出来事も、私の身に降りかかった災難も、都合の悪いことは何も語らない。

「ねえ、私その歌初めて聞いたのだけど、テオフィルスでは有名な歌なの？」

お針子時代の同僚たちの口調を思い出し、恋物語が好きそうな平民の少女を装う。

それが功を奏したのか、馬車の中の警戒するような雰囲気が少しだけ和らいだ。

それにしても失敗だった。いくら外とは隔絶された馬車の中とはいえ、周囲に怪しまれるような言動をとってしまうなんて。

けれどどうしても、私は笑わずにはいられなかった。笑い飛ばさねば、憎しみの中に溺れてしまいそうだったのだから。

だが一方で頭の中の冷静な私が、歌の出どころを探るべきだと囁きかける。

今マーサが歌った歌は、パーシヴァルで起きている出来事と無関係だとはとても思えなかった。

しかも、冒頭の養護院のくだりなどは、私ですら知らない部分である。

全く無関係な人間の創作である可能性もあるにはあるが、少しでも情報を必要としている身としてはこのまま見過ごすことはできなかった。

正直、アンジェリカがどこから来たかなんて今まで考えたこともなかった。

ある日突然現れた父の妾《めかけ》の子。それが私から見たアンジェリカだった。

母とは別の女性との間に子を生《な》した父を、責める気持ちは特になかった。貴族にはよくあることだと、初めの頃は自分を納得させていた。

私が不信を覚えたのは、いつも厳しく自他を律している父が、何故か妾とその娘のアンジェリカに対してだけ甘かったことだ。

例えば二人が望むものなら何でも買い与えたし、二人が気に入らないと言った使用人たちは次々にくびにされた。

どれだけ長く仕え、忠義心を持った使用人であろうとも関係なかった。

それからすぐに使用人たちは妾とアンジェリカのシンパとなり、私や母の行動はアンジェリカたちに筒抜けになった。

失くしたと思っていた私物を、アンジェリカが身に着けていたことも一度や二度ではない。望めばなんでも買ってもらえるくせに、何故か彼女は私の持ち物を欲しがった。

宝石も、ドレスも、そして婚約者でさえも――。

「ああ、有名と言えば有名だが、ピアが知らなくても無理はないよ」

つい物思いにふけりかけたところに、マーサからの返答を聞き我に返る。

「どういうこと？」

「これはまあ隠れたヒット曲というかね、大勢が集まる場で詠《うた》うような曲じゃないんだ。旦那方がいると気を悪くするからね」

確かに、聞きようによっては姫が次々男を振る物語である。彼女のような流しの芸人が活躍する、例えば祭りなどの際に広場で歌うのには向かないだろう。

「でも女たちには人気だから、こうして女たちだけの場や、小さな女の子たちには歌ったりするよ」

同意するように、最初に歌を希望した女がこくこくと頷いている。

「こんな歌が好きだって言ったら、旦那に馬鹿にされちまうよ」

「ほんとほんと、だから旅の芸人さんが来ても、なかなか聴けないのよね」

馬車の中の雰囲気はすっかり和やかになり、女たちの口の滑りもよくなってきた。

どうやら私は、幸運にもこの曲を聞く貴重な機会に居合わせることができたらしい。

男たちの前では演奏されず、女たちの口にも上らないということは男でこの曲を知るものは少ないのだろう。

男の旅芸人であればまた事情は違うかもしれないが。

ともかく、アルバートやセルジュがこの曲について言及していなかったのにも、納得がいった。

彼らがこの曲の存在を知っていたとしたら、今の私と同じように歌の出どころを調べようとしたに違いない。

だがそれを聞かされていないということは、彼らはまだこの曲の存在を知らないのだ。

「す、素敵な歌ね。どこかの国で実際にあったことなのかしら……？」

探るつもりでそう言うと、歌について話していた女たちが一様に顔を見合わせた。

そして馬車の中に、再び沈黙が落ちる。

女たちの反応に戸惑っていると、

「あっはっはっは！　ピアは随分夢見がちだねぇっ」

盛大に笑われてバシバシと肩を叩かれた。

周りの女たちも、堪え切れないかのように笑っている。

どうやら彼女たちは、この歌が実際の出来事をモチーフにしているなどとは思っていないらしい。

場が和やかになったのはいいが、こんなに笑われるのはなんだか納得がいかない。

「レイリ？」

ふとその時、話に加わらずに存在感を消していたレイリの顔が目に入った。

彼女は馬車の中の女たちとは対照的に、驚くほど真剣な顔をしていた。

普段ふざけた言動ばかりするレイリの珍しい態度に、私はなんだか嫌な予感がして上手に笑うことができなかった。

＊＊＊

「あれは魔女の術だ」

ずっと黙り込んでいたレイリが口を開いたのは、日が傾いてきて野営しようという段になってからだった。

獣を遠ざけるため大きな炎を焚き、商隊の全員でその火を囲んで夕食をとる。

こんなこと初めての経験だ。

マーサがリュートを奏で、みんなが手拍子をしてそれに聞き入る。

お調子者が先頭を切って踊りだし、何人かがその踊りに加わる。

貴族の夜会とは違う、マナーも序列も気にすることのない集いだ。

緊張の旅の最中だというのに、何故かひどく安らいだ気持ちになった。

そしてレイリのその言葉は、そんな時にもたらされたのだった。

「え？」

「さっきの歌だよ」

私は思わず周囲を見回した。魔女の話を、余人《よじん》に聞かれてはいけないと思ったからだ。

幸い、商隊の人間は皆お喋りなどに興じていて、こちらに注意を払っている者はいなかった。

ちなみにヒパティカはといえば、私の膝を枕にしてすっかり夢の中だ。

どんな夢を見ているのか、その唇はうっすらとほほ笑んでいる。

「どういうこと？」

「魔女は異端だ。人間に見つけ出されれば必ず排斥される。故に魔女たちは人の中に紛れることに長《た》けている。そして人々に影響を及ぼす術をいくつも持っている」

レイリの言葉に、私は息を呑んだ。

「それが、あの歌だと？」

お姫様の歌。まるでパーシヴァルで起きている出来事をなぞるような、あの。

マーサに歌の作者を尋ねてみたものの、彼女も人づてに教わっただけでその出所はわからないとのことだった。

馬車に乗り合わせていた何人かにも尋ねてみたが、結果は一緒だ。

みんな旅芸人が歌っているのを聞いたことがあるだけで、歌についての情報は他に何も持っていなかった。

流しの旅芸人が歌う歌などそんなものなのかもしれないが、あまりの情報のなさに私は言い知れぬ不気味さを感じたものだ。

「そうさね。あの馬車に乗っていたのは、商隊に属する者もいればマーサのように金を払って安全のために同行している者もいるだろう。出自はそれぞれ違うのに、異なる共同体に属する者たちが同じ歌として認知している様子だった。つまりこの歌がはやりだしてもうかなりの時間が経過しているということだ。ここ数ヵ月のことではないね。少なくとも二、三年。あるいはそれ以上か……」

「そんな、ありえないわ。だって二年前にはまだ……」

二年前といえば、ちょうどアンジェリカが公爵家にやってきた頃のことである。

あの歌の出来事など、まだ何も起きていなかった。

もし曲が流布した時期が二年以上前だとしたら、あの歌はパーシヴァルで起きた出来事を完全に予言していたということになる。

レイリの話が本当だとしたら、そんなことができるのは——アンジェリカ以外考えられない。

つまり彼女は、公爵家に娘として迎え入れられる前から、私を追い出し王太子であるライオネルの婚約者に成り代わるという野望を持っていたということか。

いつまでも絶えることのない怒りの炎が、腹の底で更に激しく燃え上がった。

ちょうど風が吹いて、みんなで囲んでいるたき火の炎があおられ、火の粉を散らす。

顔に当たる熱がその炎によるものなのか、それとも身のうちから溢れた怒りによるものなのか、一瞬判別がつかなくなるほどだった。

つまり初めから、彼女はそうするつもりで我が家にやってきたのだ。

私から全てを奪い、己《おの》がものとするつもりで。

そして私はまんまと、彼女の思い通りに踊らされたというわけだ。

その事実は、ひどく私の矜持を傷つけた。辛酸をなめながら生きてきて、もう矜持なんてすっかりすり減ってしまったものと思っていたのに、どうやら私にはまだ怒りを覚える程度の矜持が残っていたようなのである。

「魔女にはそれぞれ、得意分野というものがあるんだよ。パーシヴァルに巣くっているのはおそらく、歌を操る魔女なのさ」

「歌を？」

「そうとも。その歌が多くの人に歌われるほど、遠くまで広まっていくほど、歌の魔女が持つ術は強くなる。お前も、最初の頃はなんともなかったのにどんどんそのアンジェリカとやらにおもねる者が増えていったと言っただろう？　敵はおそらく事を起こす前にこの歌を旅の芸人に教え、各地に広めてほしいと願ったのだろう。歌う者、歌を知る者が増えるほどに魔女の力は増し、魅了の効果も強力になっていく。聞く者が聞けばパーシヴァルのこととわかるだろうが、平民のそれも女しか聞かぬのならばそうと気づく者はいない。実際、お前も今日までこの歌を聞いたことがなかった。誰にも気づかれることなく、そうして魔女は力を持ったのだ」

レイリがこれほどまでに饒舌《じょうぜつ》なのは珍しい。

それほど歌を操る魔女に危機感を抱いているということか。

なんて忌々《いまいま》しい歌の魔女アンジェリカ。

私はヒパティカの安らかな寝顔を見下ろしながら思った。

本当に、私なんかがパーシヴァルへ行って、彼女に打ち勝つことができるのだろうかと。

＊＊＊

不安に反して、旅は驚くほど順調だった。

勿論商隊に同行しているだけの町娘という設定なので、料理などの雑務の手伝いはあったものの、パーシヴァルを去るときの過酷な旅を思えば全くなんということもない。

むしろ常に気遣わねばならない母がいないだけで、こんなにも気が楽なのかと驚いたほどだ。

再会したときこそ強い苛立《いらだ》ちを覚えたが、母を任せられたという一点においてはアルバートとの再会を喜んでもいいのではないかとすら思えた。

といっても、それはこうして母ともアルバートとも離れたからこそ出せた結論ではあるが。

一方レイリはといえば、深刻そうにしていたのは初日の夜だけで、あれ以降はずっといつもの調子で旅を楽しんでいる様子だ。

この間など、商隊に同行している傭兵にアプローチされたといかにも楽しげに喋っていた。

その傭兵も見る目がない。若作りこそしているが、本当は何百年もの時を生きる魔女だというのに。

そういえば、同じ馬車に乗っている女たちが、傭兵の中に素敵な男性がいると騒いでいたなと思い出す。

偶然か必然か知らないがこの商隊に同行している女は私を含め年若い者が多く、ちょっと隙があるとすぐに色恋の話を始める。

生まれたときから婚約者のいた私とは、あまりに考え方が違うと驚いてしまうこともしばしばある。

中にはテオフィルスで出された異例のお触れ――アルバートに愛を教えるという胡散臭い募集に応募した者もいて、私は一層驚いてしまうのだった。

中身はどうであれ、アルバートは彼女たちにとって麗しの王太子様であるらしい。

事実を知らないというのは、全く恐ろしいことだ。

結果的にそのお触れはレイリを呼び出すための符牒だったので、女たちの選抜試験は形だけだったのだそうだ。

その募集に応じたという女性も、簡単な身体検査を受けただけで結局王子の顔を見ることすらできなかったと残念がっていた。

それから話題は、私の弟であるレオンに関する話になった。

「そういえば昨日野営地が一緒だった商人が言ってたんだけど、パーシヴァルの大貴族であるブラットリー公爵の嫡男《ちゃくなん》が、今領地に来ているらしいわよ」

その話題を持ち出したのは、すっかり商隊の女性の中で中心人物となった歌い手のマーサだった。

彼女はリュートという特技を活かし、こうやって野営地が一緒になった商人などからいつも新しい情報を仕入れてくる。

突然飛び込んできた公爵の息子の話題に、女たちは色めき立った。

一方私はといえば、突然もたらされた弟の話題に思わず身体を硬くした。

最後に会った時、レオンは公爵家のタウンハウスで冷たく私を見下ろしていた。

小さい頃は病弱で、どこに行くにも私の後をついてくるような弟だったというのに。

多分婚約者だったライオネルの翻意《ほんい》よりも、レオンの変わり様の方が私には驚きであり同時に深い失望を覚えたものだ。

そんな悲しみなんてまだまだ序の口だったのに、思えばあの頃の自分はまだ本当の屈辱の味を知らなかった。

さて、過去への追憶はこれくらいにしておくとして、問題はレオンが現在領地に戻っているということである。

あの頃は異母妹であるアンジェリカにすっかり心酔していたように思うのだが、その彼女の許を離れてどうして領地へ戻ったというのか。

季節はまだ夏の入口。社交シーズン真っ盛りだ。

今の時期に適齢期のレオンが領地に戻ってくるなど、異例な出来事と言ってよかった。

「まさか……」

私は、レオンが再び体調を崩したのではないかと心配になった。

子どもの頃から身体が弱く、ある程度の年齢になるまでは療養のため王都に行くこともできなかった弟である。

すぐに私には関係ないと割り切ろうとしたものの、やはり長年家族として接してきた相手なので、憎しみよりも心配する心の方が勝《まさ》った。

「まったく、いい気なもんよね」

気のいいマーサが、珍しく皮肉げに言った。

けれど私はレオンへの心配に気を取られて、その態度をあまり気にしてはいなかった。

「セシリア。どうかした？」

そんな私を、ヒパティカが心配そうに見上げている。

髪を黒く染めた彼は、少しだけアルバートの小さな頃に似ていた。

商隊の人間と会話することでめきめきと語彙《ごい》が増え、最近ではよく喋るし舌っ足らずさも解消されつつある。

人々は彼の急速な成長に驚きつつも、人がいいのか単純にこの変化を喜んでくれた。

普通なら不審に思いそうなものだが、ヒパティカの爛漫《らんまん》さは商隊の人たちに随分と好まれているらしい。

私はすっかり黒く染まっている彼の髪をかき上げた。

レイリによる髪の染色は不思議と新しく伸びてきた髪も染まるので違和感がない。

まだ子どもの域を抜け切れないヒパティカの頭を撫でると、幼い頃の弟のことが思い出され、いよいよ冷静ではいられなくなった。

私は幌《ほろ》の後ろから今まで進んできた道を見つめた。もう少し先に進むと、一年中雪の溶けることのない険しい山脈が見えてくる。幼い頃からずっと見てきた、テオフィルスとパーシヴァルの間に横たわる山脈だ。

二国間の関所はこの山脈を迂回するように設けられている。

関所を過ぎれば、いよいよ因縁の地、パーシヴァルだ。

＊＊＊

二国間の検問は、驚くほどあっさりと済んだ。

テオフィルスとパーシヴァルの間で結ばれている友好条約のお陰だろうが、検問とは名ばかりで人の出入りについてはパーシヴァル兵が幌馬車の中をちらりと覗《のぞ》くだけだったのには驚きを通り越して呆れすらした。

おそらくこの商隊が運んでいる荷物とやらにも関係があるのだろうが、それにしても職務怠慢感は否めない。

私はパーシヴァルの軍部の組織図を頭に思い描いた。

国境を守るのは国軍であるが、王都からの人員の補充はあるにせよこの衛兵たちはブラットリー公爵の指揮下に入っているはずである。こんな調子で大丈夫なのかと余計な心配をしつつ、約一年ぶりの母国に入国した。

地続きの隣国同士、国境を過ぎたからといって別に空気が変わるわけでも景色が変わるわけでもない。

それなのに、どくどくと鼓動が速くなり、やけに落ち着かない気持ちになるのは何故なのか。

弟のレオンが在郷しているという知らせもまた、私の落ち着かなさに拍車をかけていた。

予定では公爵領内では最低限の補給だけして王都への道を急ぐことになっている。

私の正体がばれることを危惧しての行程だと思われるが、私にしても異存はない。

問題は、現在地と王都とを結ぶ街道上に州都、つまり公爵家の城とその城下町が存在していることだろうか。

つまり最速の道を行くならば、どうしても州都は通過しなければならないということだ。

むしろその道を逸《そ》れることの方が不自然であり、避けて通ればなにがしかの企《たくら》みがあるのではと勘繰られかねない。

検問を第一関門とするならば、州都はまさしく第二関門といったところだろうか。

といっても、髪を染め以前よりも険しい顔になった私を、誰かが見抜けるとはとても思えないのだけれど。

むしろ真実を告げようとも、信じてもらえないかもしれないとすら思った。

絶対にありえないその想像はなんだか愉快だ。自虐的だということはわかっているけれど。

「ねえ、ピア」

マーサが話しかけてくる。

物思いにふけっていた私は、思わず反応が遅れた。

「……なに？」

「ピアも公爵のご子息に興味あるでしょ？　ブラットリー家は名門だもの」

まるで興味あるのが当たり前という態度だ。

おそらく相手がお針子時代の同僚だったら、私は冷たく切り捨てていただろう。

多分あの頃は、それくらい余裕がなかった。

今は笑って、軽く流すこともできる。

「そうね」

「でしょ！　ピアは綺麗だもの。もしかしたら次期公爵のお目に留まるかもしれないわ！」

これにはさすがに驚いてしまった。

最後に綺麗だと言われたのは、二年以上前だろうか。

最近魅了にかかりかけたアルバートに似たようなことを言われた気もするが、なんとなくあれは勘定に入れたくない。

「ありがとう。でもあなたの方が魅力的だわ。私なんて全然だめ」

謙遜ではない。

事実そう思う。

アンジェリカが現れる前はそれなりに美しいと言われたが、それは作られた美しさだった。

侍女が丹念に髪をすき、日に焼けないよう神経をとがらせ、一流の化粧品を買い求めたことによって得られる美しさに他ならなかった。

だから今の私は、それらすべてを失ったただの私だ。

テオフィルスの城で一瞬だけ昔に戻りかけたけれど、もうどれだけ飾り立てても白くすべらかな手や、シミもくすみもない肌は戻ってこない。

けれどそれでいいとも思う。あの頃の自分に戻るなんてまっぴらだからだ。

そして私よりも、生き生きとして健康的な美しさのあるマーサの方が、ずっと美しいと思えた。

世界には色々な美しさがあるということを知ったのも、公爵家から追い出されたおかげかもしれない。

そしてその時、多分私たちは油断していた。

旅は順調すぎるほどに順調で、国が敷いた街道をこのまま何事もなく州都までたどり着けると誰しもがなんの確証もなしに思い込んでいた気がする。

けれど不幸というものは、往々にしてこうした何気ない時に落とし穴のように潜んでいるのだ。

＊＊＊

事が起こったのは、野営地を決めこれから準備に入ろうかというときだった。

飲み水にちょうどよさそうな小川のほとりが、その日のねぐらと決まった。

となれば急いで寝床と食事の用意をしなければいけない。

私はいつも調理の指揮をしている年長の女性に命じられ、なかなか薪《まき》拾いから戻らないマーサを探していた。

ここまでの旅があまりにも順調だったので、おそらく私にも気のゆるみがあったのだろう。辺りは薄暗くなりかけていたというのに、いかにも小枝が落ちていそうな小さな林に、足を踏み入れてしまったのである。

そして目にしたのは、驚くべき光景だった。

「傭兵は七人。他に男が六人、ガキが一匹。女は若いのが七人、ばばあが三人だよ」

商隊の構成人数を話しているのは、聞き覚えのある声だった。

歌を歌えばよくのびる、メゾソプラノの心地いい声。

だが今は低く声をひそめ、長い黒髪を邪魔にならないよう頭の後ろでくくっている。

それだけで、ついさっきまで私に笑いかけてくれていた相手とは別人に見えた。

「なるほど」

「やつら野営地を決めて、今から優雅に食事の用意だ。ここまで問題なく来たから、すっかり腑抜《ふぬ》けているだろうよ」

会話の相手は、どう見てもまともな相手ではなかった。

手にはこん棒、斧《おの》に剣。薄暗くて判別がつきづらいが、少なく見積もっても二十人はいるだろう男たち。

ただ食糧事情がよくないのか、妙に痩せているのが気になる。

だらしなく着崩した服の質もよくない。どう考えても、礼儀正しい相手ではなさそうだ。

私は咄嗟に己の口を手で覆《おお》った。

間違っても声など出して相手に気づかれてはいけないからだ。

頭では既に、彼女――マーサが盗賊たちの仲間だということを理解していた。

何度も裏切りに遭ったのだ。今更この程度のこと、つらいとも思わない。

だが実際問題、彼らに襲われたら商隊は無事では済まないし、私自身無事でいられるかどうか。

こちらには魔女のレイリがいるが、彼女の能力は正直未知数である。

ヒパティカがグリフォンの姿になれば相手を驚かせて追い払うこともできるかもしれないが、あれ以来彼は一度もグリフォンの姿になっていない。

こういった緊急事態に際し、解決策に不確かな要素を加えるのはやめるべきだ。もっと現実的な解決方法を探るべきだろう。

というわけで、私は彼らに気づかれないよう森を出て、商隊の人々に危機を知らせることにした。

馬も休ませるために荷車から外してしまっている。

こちらには護衛の傭兵がいるとはいえ、その数はたった七人。その上守るべき非戦闘員の数があまりに多すぎる。

穏やかな日常は一瞬にして去り、再び地獄に突き落とされたような気分になった。

だが悠長に絶望している場合ではない。

音を立てないよう注意を払い、私はその場を後にした。

神経をとがらせながら森を抜け、野営のかがり火が見えたときには心底ほっとした。

だが、まだ気を抜くことはできない。

私は焦りを周囲に悟らせないよう静かに、商隊長であるクレイグに歩み寄った。

森での出来事を伝えると、彼は一瞬だけ鋭い表情を作った後、すぐに温和な商隊長の仮面をかぶり直す。

「わかりました。それでは我々が囮《おとり》になります。ピア様はどうか、護衛を連れて逃げのびてください」

「何を言っているの！」

思わず声を荒らげてしまった。

焦って周囲を見回すが、人々のざわめきに紛れて誰にも聞きとがめられなかったようだ。

そんな私に、囁くようにクレイグは言った。

「私の最も重要な任務は、姫様を無事王都までお連れすることです。ですがおそらく盗賊は、隊長である私を探すはず。ですからご一緒はできませんが、できうる限りの助力はさせていただきます」

「そんな……」

今までそんな様子などおくびにも出さなかったが、彼もまた主君に忠誠を誓っている人物なのだと改めて思い知らされる。

こうなってはもう、私が何を言っても彼が聞いてくれるとは思えなかった。

なぜなら彼の主君は、私ではないからだ。

「それに――」

「それに？」

言葉を途切れさせた彼に、その先を促す。

クレイグは私ではなく、燃え盛るかがり火を見つめながら言った。

「あなたが一緒なら、『あの方』もここから逃げてくださるでしょう」

「あの方？」

私の質問には答えず、クレイグは歩き出した。

決して焦らず、ただ気楽に散歩するような速度で。

だまってその後についていくと、彼は小さな荷馬車の前にやってきた。

商隊の中でも、特に小さくて地味な馬車だ。おそらく、密《ひそ》かに逃げるのには最適だろう。

「この馬車でお逃げください。私は同行する騎士に話をつけておきます。同行者の方々を連れて戻ってきてください」

結局クレイグの意味深な発言の意味がわからないままに、私はレイリとヒパティカを呼びに向かった。

商隊の人々は呑気に料理を食べたり酒を飲み交わしたりしている。

すぐにこの場が惨劇の舞台に変わると知っているのに、何もできない歯がゆさを覚えた。

事情も言わず荷物をまとめるよう伝えると、レイリとヒパティカはまるで身一つで来たとばかりにすぐについてきた。私の荷物もそう多くはない。少しの着替えと、セルジュから授けられた金子《きんす》。

それに金目の物をあまり持ち歩いていてはあやしいということで、各地に展開している大きな商会の受取《うけとり》手形もある。これがあれば、離れた街でも商会の支店で額面の金額が受け取れるという仕組みだ。

しっかりと荷物をまとめると、私は二人を連れて先ほどの場所に戻った。

いつ盗賊たちが襲い掛かってくるかわからず、鼓動がまるで早鐘《はやがね》のようだった。

例の小さな荷馬車の前には、クレイグよりも背の高い男が一人立っていた。フードを目深にかぶっているので、顔まではよくわからない。

共に逃げるとなったら護衛が一人では心もとないが、それでも七人の中の一人を私たちにつけてくれたのだと思うと、申し訳なさが湧き上がってくる。

「あの」

声をかけると、男は驚いたように振り返った。

その拍子に、古ぼけたフードが取れる。

そして私は、あまりのことに言葉を失った。
そこに立っていたのは、驚いたことに傭兵の格好をしたアルバートその人だったのだ。

# 第五章　賊とアルバートと私

「アルバート」

呆然と名前を呼ぶと、彼は慌てたようにフードを被り直した。

だがそんなことをしても、誤魔化されるわけがない。

「一体何を考えているの!?　王太子であるあなたがこんなところにいるなんて……っ」

言葉が途切れたのは、アルバートの手によって口をふさがれたせいだ。

「静かに。今は事情を説明している場合じゃない。クレイグが陽動しているうちに、私たちは州都へ向かう」

私は非常事態であることを思い出し、気を引き締め直した。

「御者は私がする。三人は荷台に乗ってくれ。タイミングを見て出立《しゅったつ》する。馬車が動き出したら舌を噛まないよう決して喋らないように」

アルバートは早口で指示を出すと、すぐさま私から離れ御者台に向かった。

自分ばかり動揺しているような気がしてなんだか癪《しゃく》で、私はレイリとヒパティカと共に黙って荷台に乗り込んだ。

そのまま、息を殺してその時を待つ。

不思議そうに、ヒパティカが私の顔を見上げていた。

「セシリア……」

私はその頭を抱きしめ、無事逃げられるよう願った。

できることならば、クレイグたちも無事に済みますようにと――……。

遠くで雄《お》たけびが聞こえた。

最初は何が起きたかわからず、人々はざわめくだけだった。

やがて大勢の足音と、怒号のようなものが聞こえだす。

遠くに、クレイグの声が聞こえた。何を言っているかまでは聞き取れなかった。

女の悲鳴。

「出すぞ！」

アルバートの怒鳴り声が聞こえた。

そしてすぐさま馬車が動き出す。

急に加速したため、車軸《しゃじく》が悲鳴を上げた。鞭《むち》打たれた馬の嘶《いなな》き。

事態を理解していなかったのか、腕の中のヒパティカが暴れだす。

「いやー！」

舌を噛みそうになっているその口に、私は慌てて己の手を突っ込む。

次の瞬間、手の側面に強烈な痛みを感じた。

ヒパティカに手を噛まれたのだ。

「ぐ……っ」

悲鳴を噛み殺し、闇の中を荷台とヒパティカにしがみつくようにして振り落とされないよう必死で堪えた。

レイリのことも見ていなければと思っていたのに、そんな余裕はちっともなかった。

今にもあの盗賊たちが馬車に追いついて荷台に踏み込んでくるのではと思うと、恐怖で体がぶるぶると震えた。

永遠とも思われるような時が流れた。

ようやく馬車が止まった頃、幌の外の地平から光が差しているのが見えた。

もう怒号も悲鳴も聞こえない。

ただ静かに、新しい一日が始まろうとしていた。

＊＊＊

「セシリア、ごめんね」

私の手についた歯形を見ながら、ヒパティカが目を潤ませている。

自分が噛んでしまったことに責任を感じているらしい。

「だから、気にしないでって言ってるでしょ。口に手を入れたのは私の方なんだから」

さっきから何度もこう言っているのだが、この精霊はちっとも納得しない。

そこに、パカパカと馬の足音が近づいてきた。

「駄目だな。辺りを探してみたがどこにもいない」

颯爽《さっそう》と馬から降りたのは、傭兵姿のアルバートだった。

辺りはすっかり明るくなり、彼の愁《うれ》いを帯びた美貌も白日の下《もと》にさらされている。

彼は一晩走りぬいた馬をいたわると、好きな時に水が飲めるよう川沿いの木に繋いだ。

辺りは何もない草原地帯で、どれくらい街道からずれてしまっているのか私にはわからなかった。

ただ太陽の位置を見て、なんとなく方角がわかる程度だ。

そして困憊《こんぱい》した馬を更に酷使してまでアルバートが探していたのは、本来ならここにいるはずのもう一人の人物だった。

魔女レイリ。

恐怖の一夜が明けたあと、彼女は忽然《こつぜん》と馬車の荷台から姿を消していたのである。

もしかしたら馬車から投げ出されたのかもしれないが、何百年と生きる魔女がはたしてそんなドジを踏むだろうか。

それらしい悲鳴や物音も聞こえなかったというのに、彼女はいつの間にか馬車からいなくなっていたのだ。

「なんだ、まだ消毒していなかったのか」

そう言うと、アルバートは突然傷ついた方の私の手首を掴んだ。

「きゃっ」

一抱えほどもある石に腰かけていたところを、無理やり立ち上がらせられる。

ヒパティカがアルバートを警戒するように犬歯を露《あら》わにした。

「やめろ、急がないと大変なことになるぞ！」

慌てているのか、アルバートはヒパティカを叱りつけた。

そしてヒパティカが一瞬ひるんだすきに、冷たい小川の水に私の手を浸けたのだった。

「つめたっ」

「こうして傷口を洗い流して、毒を払うんだ。精霊はどうだか知らんが、人間の口には病《やまい》の元が多数存在しているからな」

「人の口に？　まさか」

毒を口にしてどうして生きていられるというのか。

意味がわからなかったが、彼の力強い腕に逆らうことはできなかった。

アルバートはしばらくして私の手を川からあげると、今度は馬車の中から酒の入った瓶を取り出した。

昼間からお酒を飲むのかと呆れていると、彼はあろうことか口に含んだその酒を、私の手に吹きつけたのだった。

「きゃあ！」

アンジェリカに夢中なときですら、アルバートにこれほど乱暴に扱われたことはない。

私が驚き呆然としている間に、彼はてきぱきと火を起こしお湯を沸かした。そしてそのお湯で裂いた布切れを煮ると、天日に晒《さら》して干したのだった。

何をしているのかわからないなりに、アルバートが確信をもって行動しているのがわかる。

こういったときの対処に慣れているようだ。

私の知っている彼はどちらかといえば室内にいるのを好んでいたように思うので、彼の迅速な行動が意外であり、そして頼もしくもあった。

布を煮たお湯を捨てると、彼は鍋を洗い、もう一度お湯を沸かした。

そしてそのお湯の中にナイフで切った野菜などを入れ、即席のスープまで作って見せた。

料理ができる王太子なんて、聞いたことがない。

「随分、手慣れているのですね……？」

レイリを探すついでに捕まえたという鳥の羽を毟《むし》るアルバートは、まるで本当の傭兵のように野宿に慣れているように見える。

「ああ。我が国の伝統で、王位継承者は軍の演習に参加することになっているんだ。今は平和だとはいえ、ひとたび戦争になれば私も戦場に行くことになるからな」

もともと友好国で、その上一年も滞在したのでテオフィルスにはすっかり詳しいつもりでいたが、テオフィルス王家にそんなしきたりがあるなど私は全く知らなかった。

「今のうちの将軍は国の守護神と呼ばれるほどの御仁《ごじん》でな。父も若い頃は厳しく鍛えられたそうだ。俺にも特別扱いは一切しないとおっしゃってな」

彼が自分のことを俺というのを、私は初めて聞いた。

いつもどちらかというと物静かな印象があったので、今の彼はまるで別人のようだ。勿論、私やアンジェリカの魅了にかかっていたときとは全く違う。

懐かしそうに、アルバートは遠い目をしていた。

彼も、パーシヴァルに留学したことで運命を狂わされた一人なのかもしれない。

「〝俺〟っておっしゃるのね。ご自分のこと」

指摘すると、自覚がなかったのかアルバートは驚き、そして申し訳なさそうな顔になった。

「乱暴だったな。すまない」

もう何度目になるかわからない、アルバートからの謝罪だった。

「別に、謝ることなんてありませんわ。私はその方がいいと思います」

そう言うと、アルバートは目を丸くした。

どうしてそんなことを言ったのか、自分でも自分が何を考えているのかよくわからないと思った。

＊＊＊

私たちはレイリの捜索を諦《あきら》め、三人で州都を目指すことになった。

といっても、一晩走りぬいた上レイリの捜索まで行った馬は疲弊している。

幸い食料はあるので一日は馬の休養日にあてることになった。

それに今の私たちは街道をはずれ、自分たちの現在位置がわかっていない。

馬車を走らせていたアルバートも、大体の方角しかわかっていないとのことだった。

この状況で、ヘタに動くのは危ない。

馬車の通ってきた跡を辿って街道に戻る案も考えたが、盗賊が私たちが戻ってくるのを待っているかもしれないという危険性もあった。

テオフィルス内での旅は順調そのものだったのに、どうしてパーシヴァルに入った途端にこんな目に遭うのか。

私が知っている限り、二ヵ国の治安にそれほど大きな違いはなかったはずだ。

それともこの一年で、パーシヴァルの治安が急激に悪化するようなことでもあったというのだろうか。

なによりも、ブラットリー公爵領で盗賊が出たということに、私は衝撃を覚えていた。

この短期間に、私の故郷は一体どうなってしまったというのか。

「とにかく、馬を休ませつつしばらく様子を見よう。幸い食料もこの人数なら何とかなりそうだ」

アルバートが馬車の荷台を物色しつつ、私とヒパティカを交互に見る。

そのとき私ははっと思い出した。ヒパティカが普通の人間以上に食料を必要とすることを。

今までは商隊の人間に怪しまれないよう、レイリが彼に魔力を分け与えることで食料の不足を補っていたのだ。

だがレイリが姿を消した今、ヒパティカの食事をどうするのかという難問が、私の前に立ちふさがっていた。

「あの……この子は普通の子どもではないので、食料が足りないと思います」

とても申し訳ない気持ちで、私はそう言った。

私を守ってくれるという精霊のヒパティカ。だが私は、彼を連れてきたことを後悔しはじめていた。

レイリが一緒にいれば、たとえヒパティカに何が起きようと助けてあげることができた。問題が起これば、どうすればいいか尋ねる相手がいた。

だが彼女がいなくなると、私は途端にヒパティカを持て余した。

勿論愛情はある。辛い時期に一緒にいてくれた彼に感謝もしている。

けれど大事だからこそ、今のあどけない姿をした彼をこの旅に同行させたことが本当に正しかったのかと、考えてしまうのだ。

その感情が伝わったのか、ヒパティカは私を見上げると何かを決意した顔になった。

「おれ、まちさがしてくる！」

「え？」

そう言うと、ヒパティカは驚いたことに背中から羽根を生やし、人の姿のまま空に舞い上がった。

まるでおとぎ話に出てくる天使である。

「ヒパティカ！」

「待ってて！　おれ役に立つから！」

そう叫んだかと思うと、ヒパティカはものすごい勢いで飛んでいってしまった。

残された私とアルバートは驚いてしまい、しばらく呆然と立ち尽くす。

結局私は、アルバートと二人で小川の近くに取り残されてしまった。

「とりあえず、落ち着こう。一つ一つ解決していくべきだ」

「そ、そうね」

それから、私たちは手ごろな石に座りこれからの方策を話し合った。

「まずは、なにがなんでも州都に辿り着くことだ。そこで別の商隊に同行できないか商業ギルドに相談するべきだろう」

アルバートの提案はもっともだった。私は頷く。

「はい……」

私の脳裏に、自分たちが囮になると言ったクレイグの顔が思い浮かぶ。

あっさりと乗り換えるようで気が引けるが、そうするしか方法がないのもまた事実だ。

「だが、当初想定していたよりもパーシヴァルの治安は悪化しているようだ。こんなことなら最初から、君には護衛の兵を付けるべきだった」

「そんなことをしたら、戦争になってしまいます。護衛とはいえ他国の兵が、こんな凶状持ちの女を護衛して入国するだなんて。それに、兵士どころか王太子がついてくるなんて、それこそ前代未聞ではありませんか？　それもこんな……傭兵に身をやつしてなんて」

驚くような出来事の連続ですっかり忘れていたが、この場にアルバートがいることも十分な異常事態だ。

テオフィルスではおそらく、城の人間が総出で彼を探しているはずである。

むしろ、ここまでよく追手が来なかったものだと呆れてしまう。

「ああそれは……俺はもう王太子ではないから」

するとアルバートは、何でもないことのようにさらりと爆弾発言をした。

「それは、どういう意味ですか？」

「そのままの意味だ。陛下には、王太子位の返上を申し入れた。俺は、次期国王として相応しくない……」

陰りこそあるものの、穏やかな顔でアルバートはそう言った。

「そんな……私が言ったことを気にしていらっしゃるの？　ただの平民の戯言《たわごと》ではありませんか」

テオフィルスを出る前、私は何度も彼を罵倒した。

人を殺しても王太子という地位で安穏としている彼に、私の気持ちなど永遠にわからないと思っていた。

「そういうわけではないし、君に責を問うつもりも毛頭ない。ただ、容易く魔女の魅了に惑わされて、なおかついつ再発するかもわからない人間が、国を背負っていいわけがない」

アルバートの言葉はもっともだったが、ならば誰が国王として相応しいのかという疑問が残った。

隣国のパーシヴァルでは現在、王太子どころかそれ以外の貴族も、もしかしたら国王陛下すらもアンジェリカの魅了の影響下にあるのだから。私が国を出た時点でそうだったのだ。おそらく今、事態はもっと悪化しているだろう。

「あなたがそう思うのでしたら、それもいいかもしれません。ですが、それがここで傭兵のふりをしている理由にはならないのではありませんか？　王太子位を辞そうともあなたはテオフィルスの王族です。わざわざ危険な場所に赴《おもむ》くなんて……」

「君を一人で行かせられるわけがないだろう！」

突然アルバートが大声を出すものだから、私は驚いて言葉を続けられなくなってしまった。

「君は俺の助けなどいらないと言うが、テオフィルスで君と再会したとき、俺がどんな気持ちに

なったか。どうしてもっと早く、アンジェリカが現れる前に君に想いを告げなかったのかと俺は深く後悔したんだ。もう俺は王太子じゃないし、君もライオネルの婚約者じゃない。今なら遠慮なく言える。セシリア。俺は昔から、君のことが――……っ、大切なんだ」

何故今、この場所でそれを言うのか。今まで誰も、そんなことを言ってくれる人はいなかった。婚約者だったライオネルさえ、そんなことは言ってくれなかった。

それをこんな、盗賊から逃れた、心身ともにぼろぼろの状況で言われるなんて。

私は一体どんな表情をしていたのだろう。

目が合ったアルバートは困ったように頭を掻いた。

「安心してくれ。俺ができうる限りの力でもって、君をパーシヴァルの王都に送り届ける。もし俺が再びアンジェリカに惑わされるようなことがあれば、そのときは遠慮なく見殺しにしてくれて構わない」

私は呆然と、アルバートの言葉を聞いていた。

冷静な彼らしくない、あまりにも必死な。

「お互い、頭を冷やしましょう。私は薪を拾ってくるわ」

そう言って立ち上がると、アルバートが止めるのも聞かず私は先を急いだ。

頭はすっかり混乱していて、別人のようなアルバートにどう対峙していいか、全くわからなくなっていたのだ。

＊＊＊

何がそうさせたのだろう。

彼女と二人きりだという解放感か。

それとも彼女を救ったのだという高揚感か。

もう少しで、セシリアに告げてしまいそうになった。ずっと秘めていた、君への想いを。

そもそもいつから好きかなんて、もう思い出すことはできない。

気づけば好きだった。そしてそのときには既に、君はライオネルの婚約者だった。

そうでなくても、王族の結婚は国のためのもの。愛する人との結婚など不可能だ。

だから俺は、その想いに蓋《ふた》をした。心の奥底に沈め、浮かび上がらないようにと固く封をした。

だがそんな俺の想いをあざ笑うかのように、アンジェリカが現れた。彼女は俺から理性を、尊厳を奪った。己を好きだと思い込ませ、好きなように操った。

正気に戻って何よりも辛かったのは、己がセシリアへの迫害に加担したことだ。

彼女の悲しそうな顔を、救いを求める視線を向けられていたのに俺は、アンジェリカの肩を持った。

解呪による死にそうな副作用の中で、俺は果てのない自己嫌悪とも戦わねばならなかった。

時が巻き戻ればいいと、何度願ったことか。

もう一度あのときに戻って、悲しそうなセシリアの味方ができたら、どんなにいいだろうかと何度思ったか知れない。

だが、一度過ぎてしまった時は巻き戻らない。

犯してしまった失敗は、己の力で取り返すしかない。

俺が殺してしまった青年の遺族を探すセルジュの網《あみ》に、セシリアがひっかかったのは僥倖だった。

もう二度と会えないと思っていた初恋に、そして俺は再会した。

憎悪がこもる視線。無関心を装った投げやりな態度。

だがどんなにひどいことを言われても、君への想いが変わることはなかった。

むしろ過酷な生活を思わせるやつれた顔や、荒れてしまった手を見て、想いは一層募るばかりだった。

この恋もまた、呪いのようだ。

なにがあろうとも、俺から切り離すことはできない。

王位継承権の放棄を切りだしたとき、王である父は驚いたりしなかった。

どうやら俺が自ら王太子位の返還を申し出るのではと、かねがね危惧していたらしいのだ。

こんなことになって、父や臣民には本当に申し訳ないと思っている。

だが、あんな女に心を奪われて殺人を犯すような男が、次代の王になれるはずがない。

パーシヴァルの惨状も次々耳に入ってくる。

自分があのまま隣国にいたらと思うと、ぞっとする。

そして再びアンジェリカと見《まみ》えたとき、果たして無事でいられるのかもわからない。

そんな男が、王位を継いでいいはずがないのだ。

父からは、しばらく様子を見るようにと言われた。安易に王太子位の返上を発表しては、国が混乱するからと。

確かにその通りだと、俺は父の決断を受け入れた。

だが同時に、俺が王位に就くことはやはりないだろうと思った。

隣国にあの恐ろしい魔女がいる限り、俺の恐れが消える日もまたやってこないのだ。

パーシヴァルへ向かうセシリアについていくと決めたとき、幼い頃からの友人でもあるセルジュは心底呆れた顔をしていた。

だが、俺の決意をすぐさま否定することもしなかった。

アンジェリカの支配を恐れながらそれでもセシリアについていこうとする俺は、どうしようもなく矛盾していた。

セルジュからすれば、その矛盾を指摘することなど容易かったに違いない。

だが彼は、それをしなかった。もっとも、セルジュに説得されようとも俺はなんとしてもセシリアについていく気でいたが。

もう理屈ではないのだ。

彼女をこれ以上、一人にしておきたくなかった。

ただそれだけだった。

＊＊＊

近くに森があるという訳ではないので、薪にできるような枝はあまり集まらなかった。

それでもようやく拾った枝に火をつけて、なんとか焚火をする。

この場を動くこともできずアルバートと二人きりという環境の、なんと気まずいことか。

お互い必要最低限のことしか喋らず、夜も寝ずの番をしてくれるというアルバートに甘えて早々に寝てしまった。

朝焼けの肌寒さで目を覚ました私は、火を絶やさないようにしているアルバートの横顔を黙って見つめた。

橙《だいだい》色に浮かび上がるその顔は、昔から見慣れた顔だと思っていたのに今は知らない人のように見えた。

「起きたのか？」

息を殺していたつもりだが、目が覚めたことに気づかれてしまった。

二度寝をする気にもなれなかったので、体を起こして私は言った。

「少しだけど、見張りを替わるわ。あなたも眠って頂戴《ちょうだい》」

「いや、俺は……」

「いいから少しは寝て！　寝不足な人に手綱を握らせるなんてそんな危ないことできないわ」

どうしてもアルバートと話していると、声を荒らげてしまう。

頭を冷やそうと言ったはずなのに、冷えていないのは自分の方だという気がした。

再会したばかりの頃、彼にはもう怒りすらわかなかった。ただ二度と関わりたくなかった。

そのあと彼の言葉を聞いて、ようやく怒りがわいた。鋭い言葉で彼を責め立てた。

そして今。怒りとも呆れとも違う、不思議な感情を私は持て余している。

まるでもう一度彼との関係を構築し直しているような、そんな不思議な感覚だ。

「ありがとう」

アルバートはそう言って小さく笑うから、私はまたしても調子を狂わされてしまうのだ。

＊＊＊

朝焼けから段々と太陽が昇り、よく晴れた爽やかな一日が始まった頃。

アルバートをいつ頃起こそうか考えていたとき、それは起こった。

ゴウゴウと突然の強風が吹きつけ、今にも飛ばされてしまいそうな恐怖に襲われる。

私は必死で、咄嗟に、眠るアルバートの腕にしがみついてしまった。

言い訳をさせてもらえれば、ちょうどそこに重しになりそうな物体があったからだ。それ以外の理由なんて、何一つない。

すぐさま目を覚ましたアルバートもまた、体を起こし私を庇うように抱き寄せた。

そして風は吹き始めたときと同じように、ぴたりと止まる。

恐る恐る目を開けると、先ほどまで草原だった場所は草が飛ばされ円形の荒れ地になっていた。

そして露出した土の上に、訝しげな顔のヒパティカが立っているではないか。

「二人とも、何してるの？」

そう言われて、いつの間にかアルバートと抱き合うような体勢になっていると気づき、私は慌てて飛びのいた。

「も、もっと静かに帰ってこられないの！　飛ばされるかと思ったわ」

怒ったのは本気半分。残りの半分は恥ずかしいのを誤魔化すためだ。

「ごめんなさい……」

私に怒られたことで、ヒパティカは肩を竦めた。

怒り過ぎただろうかと心配になり、立ち上がって彼に近寄る。

「お帰りなさい。無事でよかった」

それは心からの気持ちだった。

この普通ではない子どもは、いつの間にか私の生活の一部になっていたようだ。

あんな風に飛び出していかれては、心配にもなる。

思わず抱きしめると、嬉しそうに顔をすり寄せてくる。

少年の姿であっても、心は精霊だったときのままなのだ。

「な、おい！」

すると突然、アルバートがヒパティカの腕をつかんで私から引き剥がした。

「い、いくら精霊とはいえ……っ、その見た目で抱き合うのはだめだろう！」

彼も勿論、ヒパティカが普通の人間でないことは知っている。

知っていても、やはり青年に近い姿のヒパティカと抱き合っていては差し障りがあるんだろう。

今まで私が抱きつかないようにと言っていたのに、これでは本末転倒だ。

これから先州都に入ったら、どうしても人目につかないよう行動しなければならないのだから。

「ねえヒパティカ。こらからはこういうことはやめましょう。いくら親しい相手だろうと、親子でもない男女が抱き合っていたら人目を引くわ」

精神年齢的には子どものようなものだが、それでもどうしたって私とヒパティカは親子には見えないだろう。

「えー」

ヒパティカは不満そうな顔で頬を膨らましている。

そんなに甘やかしてきたつもりもないのに、どうしてこんなに甘えん坊になってしまったのか。

「それより、近くに街道はあった？　村でもいいのだけれど……」

ヒパティカに食料を調達できる場所があるか尋ねると、少年は不満げな顔から一転して笑顔を見せた。

「あったよ！　おっきな街！　凄くおおきいの」

両手を広げ、その大きさを表現しようとするヒパティカ。

私は首をかしげた。

ブラットリー公爵領の地図はおおよそ頭に入っているが、街道から外れた場所にそんな大きな街があるなど聞いたこともない。

「そう。じゃあ、とりあえずそこへ行ってみましょう。アルバート、もう馬は走れるかしら？」

これからの行動を相談しようとアルバートを見ると、彼は慌てたように馬を確認しにいった。

するとヒパティカは、今度は困ったような顔になった。

「馬じゃだめだよ。凄く時間がかかっちゃう」

「え、途中に崖でもあるの？」

空からじゃなければ行けない場所なのだろうか。

「それもあるけど、ここからしばらく飛ばないといけないんだ」

しばらくといっても、ヒパティカは約一日で帰ってきた。それを考えると、それほど遠い場所とも思えないのだが。

だが、実際に街の場所を知っているヒパティカがこう言うのだ。ある程度の距離は覚悟したほうがいいのかもしれない。

「困ったわね。どうしようかしら……」

私が呟くと、待ってましたとばかりにヒパティカが再び両手を広げた。

「簡単だよ！　この箱ごと、おれが運べばいいんだ！」

何を言っているのかわからず、私は再び首をかしげることになったのだった。

＊＊＊

珍しいものを見た。

口を開け、目を見開いているアルバートの顔を見て、私は他人事のように思った。

おそらく、私も鏡を見たら似たような顔をしているに違いないのだが。

『ね、飛べるでしょ？』

そう言って嬉しそうに羽ばたいているのは、私の守護精霊であるヒパティカである。

彼は今、その本性である純白のグリフォンの姿に戻り、二本の前足でここまで乗ってきた馬車の荷台を掴んで飛びあがっていた。

ヒパティカは、この馬車に私たちを乗せて飛ぼうというのだ。

確かに、遠い街に早くたどり着こうとするならこの方法は妥当かもしれない。

だが空を飛ぶという経験がない私は、突然提示された予想外の選択肢にひたすら戸惑うしかない。

「これはその、危険なのではないか……?」

顔を引きつらせながら、アルバートが言う。

その気持ちは痛いほどよくわかった。

『おれがセシリアを落としたりするはずないでしょ！　あんたのことはうっかり落としちゃうかもしれないけど』

「こら」

どうにもアルバートとそりが合わないらしいヒパティカをたしなめる。

とにかく、ここは決断のときだ。

ヒパティカの言葉に甘えるか、このまま馬車でヒパティカの言う方向に走るか。

だがヒパティカは、途中に崖があると言っていた。その崖を迂回するとなると、更に時間を食うことになる。

それに――と、私はヒパティカを見上げた。

彼は一日でその街を確認してまたここに帰ってきたのだ。

そのスピードで街に着けるとしたら、その街の憲兵に私たちを襲った盗賊について通報することができる。

あれから丸一日以上経ってはいるが、その街からすぐに救援部隊を出してもらえれば助けられる命もあるかもしれない。

「アルバート、馬の調子は……」

「言いづらいのだが、二頭いる内の一頭が脚を引きずっていた。走っている内に足を捻《ひね》ったのかもしれない。短距離ならまだいけるだろうが……」

私は馬の方に目をやった。

二頭の馬はヒパティカにひどく驚き、繋がれた木から逃げようともがいている。

彼らにも、すっかり無理をさせてしまった。

「わかった。アルバート、馬を放してあげて。ここからはヒパティカに荷台を持って飛んでもらいましょ」

「ほ、本気か……?」

信じられないと言いたげに、アルバートはこちらを凝視していた。

そんなことはお構いなしで、私は宙に浮いた荷馬車に乗り込もうと足をかける。

アルバートは慌てて馬の方に走っていった。

反対されるかと思ったが、アルバートは案外度量が広いらしい。

そして私たちのおかしな旅は、商隊に紛れるという堅実な方法から一転して空を行くという、荒唐無稽な旅路となった。

＊＊＊

ヒパティカが発見したのは、驚いたことに王都に向かう中継地である州都であった。

ブラットリー公爵の居城がある、私の生まれ育った街である。

どうやら街道をはずれてめちゃくちゃに走った私たちの馬車は、運よく街道をショートカットして州都へと近づいていたらしい。

だが空を行く旅の途中確かに切り立った崖があったので、馬車ではこの道を使うことはできなかっただろう。

しかしそんな感想を抱いたのは、空の旅を終えて州都から少し離れた場所に着陸した後だった。

ヒパティカは馬車を落とさないようしっかりと抱えていてくれたが、そもそも馬車の荷台は空を飛ぶことを想定して作られてはいないのだ。

おかげで途中幌は飛んでいくし、自らも飛ばされそうになるしで散々だった。

アルバートが一緒でなかったら、おそらく私は途中で飛ばされていたに違いない。彼が重しになって私を押さえつけておいてくれたので、なんとか空飛ぶ荷馬車から落ちずに済んだという訳だ。

地上に降りて人の姿になったヒパティカは、褒めてとばかりにきらきらとした目で私を見つめた。

私は心底疲れ切っていたのだが、確かに州都を見つけたことと私たちを短時間で運んでくれたことは彼の功績だ。

そういう訳で、人型になったことで黒に戻ったヒパティカの髪をよしよしと撫でた。

さすがレイリの魔法というか、グリフォンの姿だと全身白銀なのに人型になると黒髪に戻るのは本当に不思議だ。

だがそれを言ってはそもそも変身自体が摩訶不思議なことなのだから、今更考えても詮無きことかもしれない。

私たちは簡単に身づくろいをすると、街を囲む城壁に複数ある門のうちの一つに向かった。

入都待ちの行列ができていたが、一刻を争うからとその横をすり抜ける。

そして検問をしていた衛兵に駆け寄り、同行していた商隊が盗賊に襲われた旨を口早に説明した。

だが、私たちを待っていたのは、予想外の対応だった。

＊＊＊

「助けてください！　旅の途中で盗賊に襲われて！」

衛兵に駆け寄りながら叫ぶ。

恥も外聞もない。一秒でも早く救援隊を向かわせてほしい。

だが、衛兵はこちらを一瞥すると何も言わず私を払いのけた。

驚きのあまり、一瞬何が起こったのかわからなかった。

払いのけられたのだと理解したのは、尻もちをついた私にアルバートとヒパティカが駆け寄ってきてようやくといった有様だ。

「な、なにをする！」

アルバートが衛兵に非難の声を上げる。

列に並んでいた人々が、荒事《あらごと》の予感にざわめいた。

「うるさい！　州都に入りたいのなら順番を守れ！　お前らにはこの行列が見えんのかっ」

衛兵はものすごい剣幕でそう叫ぶと、私たちのことなど無視して検問作業に戻ろうとする。

「順番を無視したのは悪かったわ！　けれど本当に緊急事態なのよ。私のいた商隊だけじゃない、他の商人や旅人だって襲われるかもしれないわ。そんな盗賊を放置するというの⁉」

私の記憶では、このブラットリー公爵領で盗賊が出た場合、公爵の私兵が素早く討伐軍を結成して、事態の収束を図ることになっていたはずだ。

当然そうなると予想していた私は、衛兵のあまりの言いように唖然としてしまった。

ヒパティカは私の傍らで、人の姿であるにもかかわらず衛兵を睨みつけ唸《うな》っている。

「あのなあ、この近くで活動している盗賊がどれだけいると思ってるんだ。それにいちいち対応してられるか。運が悪かったと諦めるんだな」

「そんな……」

けんもほろろな対応に、驚きと怒りがない交ぜになって言葉にならない。

私がショックだったのは、門を守っている他の衛兵も、そして列に並んでいる人々も、誰一人この衛兵の言葉を否定したり非難したりしなかったことだ。

その態度こそが、衛兵の言葉が真実であると裏付けている。

盗賊に襲われても見捨てられるのであれば、このブラットリー公爵領の人々は一体何を頼りに生きていけばいいのだろう。

それに、今のブラットリー公爵領には盗賊が数えきれないほどいるらしい。

たった一年故郷を離れただけで、こんなにも色々なことが変わってしまうのか。

私は戦慄した。

悪事を働いても討伐されないと知った近隣の盗賊たちが、このブラットリー公爵領に集まっているのかもしれない。

あるいは、貧しい農民などが盗賊化したか。

どちらにしろ、父はどうしてこの状態を放置しているのだと思うと歯がゆくて仕方なかった。

もう二度と関わるまいと思っていたのに、私は悔しくてたまらなくなった。短い間だったけれど、一緒に旅をしてきた面々の顔が浮かぶ。

マーサの裏切りを辛いとは思わないが、彼らのためにできることがないと思うとどうしようもなく胸が痛むのだ。

「それは困ったな」

そのとき、私に付き添っていたアルバートが平坦な口調で言った。

「私たちが同行していた商隊は、パーシヴァル王室の要請でとある重要な品を運んでいたのだが……」

すると、アルバートの言葉を聞いた衛兵の顔色が変わった。

「な、何故それを早く言わない！」

先ほどまで退屈そうな顔をしていた衛兵たちも、一瞬にして色めきたった。

「おい！　兵長に知らせろ。今すぐ討伐隊を編制するんだ！」

「検問？　そんなもんさっさと通らせちまえ。早くしろ」

衛兵たちは検問に頼りない下っ端を一人残し、打ち合わせをするため検問所の中に引っ込んでしまった。これには唖然とするより他ない。

下っ端はいかにも億劫《おっくう》そうなそぶりで適当な応対をし、次々と行列に並んでいた人々を通してしまっていた。

目の前で事態が目まぐるしく変わるので、私はその場に座り込んだまま呆然としてしまった。

「おいお前！　こっちにきて襲われたときの状況と場所を説明しろ！」

まるで恫喝《どうかつ》するような声に呼ばれ、アルバートは私を立ち上がらせた後、検問所へと向かう。

「できるだけすぐ戻るようにするから、ピアはヒパティカと一緒にクレイグの商店に向かってくれ。人に聞けば場所がわかるはずだ」

耳打ちされたのは、これからの行動についてだった。

彼に任せきりにしてはいけないと思いつつも、これ以上あの衛兵たちと喋るのは苦痛だったので私は大人しくその言葉に甘えることにした。

「ちょっと、お嬢さん」

そのとき、背後から声をかけられた。

恐る恐る振り向くと、そこに立っていたのは人のよさそうな老婆とその孫らしき青年だった。確か彼らは、先ほどまで検問待ちの列に並んでいたはずだ。

「大丈夫かい」

「え、ええ」

「まったく、ひどいことをするねぇ。こんなお嬢さんに。さっきはすぐに助けてやれなくてごめんよ」

どうやら彼らは、私が突き飛ばされたときに助けられなかったことを謝ってくれているらしい。

「気にしないでください」

そう言いつつも、私はショックな出来事の連続に疲れ果てていた。

「話を聞いたけれど、大変な目に遭ったね。まったく近頃は治安が悪くなるばかりでまいっちまうよ」

「そうなんですか？」

「ああ。公爵様んとこのレオン坊ちゃんが戻られて少しはましになるかと思ったけど、全然だめだね」

突如出された弟の名に、私は思わず体を固くしたのだった。

「どういうことですか……？」

どう考えても、良い話の訳がない。

それでも私は、老婆の話を聞かないわけにはいかなかった。

「ああ、あんたは旅人さんだから知らないね。レオン坊ちゃんっていうのは、この辺りの領主のブラットリー公爵様のご子息なんだが」

「その息子さんが、なにか？」

「ああ、なんでも王太子殿下の恋人に手を出したとかで、領地での謹慎を申し付けられちまったんだよ。それでも戻ってきてくれるならこの状況もどうにかなると思ってたんだが、よくなるどころか悪くなるばかりで……」

老婆は残念そうに首を振る。

「そんな……」

あまりのことに、それ以上言葉が続かない。

「本当に、領主様が新しい奥方をお迎えになってから、悪いことばかりさ。税金も高くなる一方で、郊外じゃ税金を納められない農民が村ごと盗賊になるなんて話も聞くよ。どこも物騒になっちまってさ」

この短期間の間に、よくもまあこれほど公爵家をむしばむことができるものだと、私はアンジェリカに対して逆に感心してしまった。

父であるブラットリー公爵は、他人にも厳しいが自分にも厳しい人だった。

だが心根が冷たい人という訳ではなく、ブラットリー公爵領は国内でも善政を敷く領地として知られていたのだ。

それがどうだろう。

今では父どころか、弟までこうして役立たずのように言われている。

私が父の言うように、誇りをもって公爵家の娘として生きてきた過去は、すべて夢だったのではないかという気すらした。

「そうなんですか……」

「ああ、だからお嬢ちゃんも、街中だからってあまり一人で出歩いちゃいけないよ。どこから来たか知らないが、もう昔のブラットリー公爵領じゃないんだからね」

「ありがとうございます」

それ以外、なんて言えただろうか。

老婆は私の身を案じて、親切心で言ってくれているのだ。

「あの、ところでクレイグという商人の店をご存じでしょうか？」

「クレイグ？　申し訳ないが、商会にはあまり詳しくないんだ。だが商業ギルドに行けば、誰かが知っているだろう」

老婆とその孫に礼を言い、私はヒパティカと一緒に街に入った。

心なしか、以前よりも人通りが少ない気がする。

以前は行き交う人々でにぎわっていた目抜き通りも、今はなんだかうらぶれた印象である。

暗い気持ちで老婆に教えられた商業ギルドに向かう。

その建物は、すぐわかった。

さすがは商業ギルドだけあって大きく、そして他と違い人の出入りが激しくて賑わいが感じられる。

「すいません」

中に入ると、色々な人がいた。

あちこち忙しそうに歩き回る人や、重そうな荷物を運んでいる人。社交場などで人が多いのには耐性があるつもりだが、そこには緊迫した独特な雰囲気が漂っており、我知らず肩に力が入っていた。

「クレイグさんの商会はどちらでしょうか？」

「ああ、それでしたら――」

対応してくれたのは、優しげな女性だ。顔は美人というわけではないが、化粧が細やかで立ち居振る舞いも優雅だ。相当裕福な商人の奥方なのだろうかと思って見ていると、そのとき、その女性に慌てて駆けよってくる影があった。

「支部長！　お話し中すいません。実は領主様から突然の依頼でー！」

私は驚いてしまった。

なにせ目の前の女性が、海千山千の商人たちを束ねる商人ギルドの支部長だというのだ。

ということはつまり、彼女はこの州都にいる商人たちの頂点に立つ存在であることを意味する。

そしてそのことに驚きつつも、私は領主様からの突然の依頼という言葉に意識を奪われた。

なぜなら、今が社交シーズンであることを考えると城に父である公爵がいるはずがない。

ならば突然の依頼というのは、おそらく弟のレオンの依頼であろうと思われた。

「こら、接客中ですよ」

女性は話を切り上げようと窘《たしな》めるが、慌てているらしい人物はその場で領主からの依頼を口にしてしまった。

「王都に贈るのに、黄色いミモザを手配しろとおっしゃってー！　ミモザの時期は終わっていますし、一体どうしたら……」

困り果てた様子の男性は、全て言い終えた後でようやく私の存在に気づき、申し訳なさそうに身を縮こまらせた。

目の前の支部長はため息を吐く。

「まったく。あなたのそういうそそっかしいところがいけないと言っているのです。申し訳ありませんね、お騒がせしてしまって」

謝罪を受け、こちらこそまさか支部長に案内を頼んでしまったとは思わず、恐縮した。

「では、こちらの者に案内させますので」

支部長はにっこり笑って、報告に来たそそっかしい事務員に私の案内を引き継ごうとする。

このまま大人しくクレイグの商会に行くべきなのだろう。予定外のことがいくつも起きてしまったのだから、これ以上それを乱すようなことをすべきではない。

そうわかっているのに、私はどうしても彼らの話に口を挟まずにはいられなかった。

「あの、差し出がましいようですが、黄色いミモザがご入用《いりよう》だとおっしゃいましたよね……？」

突然そう切り出した私に、目の前の二人が訝しげな顔をする。

「実は私に少し心当たりがあるのですが、そのお話を詳しくお聞きすることはできませんか？」

顔に社交界で培《つちか》った笑みをべったりと貼り付け、私は彼らにたった今思いついたばかりの提案をしたのだった。

＊＊＊

黄色いミモザの花言葉は、『秘密の恋』。

おそらくアンジェリカに手を出して謹慎を言い渡されたであろうレオンは、この花を贈ることでアンジェリカに自分の気持ちは今も不変であると伝えるつもりなのだろう。

ミモザは冬の花であるにもかかわらず、だ。

私の知るレオンは、たとえ商人が相手であろうと、無理難題を言って困らせるような人間ではなかった。

勿論貴族の中には、そうして目下の人間を困らせて喜ぶ悪趣味な人間もいるだろう。

だが少なくともレオンは、そうではなかった。

自分の体が弱かったが故に、彼は人の痛みに敏感な子だった。

痛々しいほどに周囲に気を使うので、そんなに気にしなくてもいいのにとこちらが歯がゆくなってしまったほどだ。

そんな彼も、アンジェリカに出会って以降すっかり変わってしまった。

父親のみとはいえ彼女には同じ血が流れているのだからやめるようにと、何度諭したか知れない。

けれど彼は、鬱陶しそうにするだけで私の言葉を聞き入れようとはしなかった。

そして彼もまた、私が母の不義の子であるという偽証を信じたのだ。

だがここに来て、私はあのままパーシヴァルを去って本当によかったのだろうかという疑念に囚われていた。

なぜなら、たったの一年足らずで領地の様子が激変していたからだ。

公爵家の人間として、領民のためにもっとなにかすべきだったのではないかと、王太子の婚約者として育てられた私の良心が叫んでいる。

しかしあのとき、私には何もなかった。ただ母と自分の身を守るだけで精一杯だった。

――でも、今なら?

まだ私にも、できることがあるのかもしれない。

# 第六章　花と弟と私

私は商業ギルドの支部長たちと軽い打ち合わせを行い、そのあと予定通りにクレイグの隊が所属する店に腰を落ち着けた。

「一体どこに行っていたんだ！」

想定外の事態に遭遇したため、待ち合わせ場所である店に辿り着いたのはアルバートよりも後になってしまった。

ここ月熊商会は、クレイグが諜報部員であるのと同じように隠れたテオフィルスの出先機関であるらしい。

だが見た目に怪しいところは全くなく、正直なところ話を聞いていなければ、内部に入ってすらテオフィルスの息のかかった施設だとは気づけなかったことだろう。

「大きな声を出さないでください」

今私たちは、店の中でも最もランクの高い応接室に二人きりだった。

先ほどまで一緒だったヒパティカは、私からの頼みごとのため席を外している。

一方アルバートは、取り調べの後商会に来てみれば、私がまだ到着していなかったので相当肝を冷やしたらしい。

　人さらいかあるいはアンジェリカの手の者に見つかったのかと焦っていたところに、私が到着したらしく先ほどからこうして叱責を受けている。

「言いたくはないが、この街はもう君がいた頃のままじゃないんだ。以前よりも治安が著しく悪化している。頼むから、昼間でも無防備に出歩くなんてしないでくれ」

　余裕のない口調で言われ、と少し反省した。

　アルバートの顔からは、彼がどれだけ心配していたのか痛いほど伝わってくる。

　誰かに心配されるなど久しぶりすぎて、彼には悪いが少しくすぐったい気分だ。

「気をつけるわ。それより聞いて。レオンに会う算段をつけたの」

「レオンに？」

　アルバートは目を丸くした。

　そもそもこの旅の目的はこの国から魔女であるアンジェリカを除くことなので、本来レオンとの面会は予定にない。

「ええ。王都に行くにしても、アンジェリカに会うにはどうしても協力者が必要よ。隣国の王族であるあなたがこの国にいることは公《おおやけ》にはできないし、レイリがいないのだから彼女に頼ることもできないわ」

「それは……」

まだ不満そうではあるものの、私の話にも一理あると思ったのか彼は腕を組んで話を聞く態勢に入った。

「ヒパティカの力を借りれば、レオンを正気に戻すことができるかもしれないわ。レイリによってあなたが魅了から解放されたように」

正直、それほど勝率が高い賭けとは言えない。

肝心のレイリはいないし、私は彼女から魅了を解く方法を聞いていないからだ。

だが、レオンが領地に帰ってきている今ならば、魅了の効果も弱まっているかもしれない。

なんとかレオンを正気に戻すことができれば、王都への道行きもそしてアンジェリカに会うことも、ずっと容易になる。

共に王都に向かう予定だった商隊が消息不明になっている今、私たちには安心して王都に行くことのできる有力者の協力がどうしても必要だった。

それに、私がレオンとの再会を決心した最大の理由は、故郷であるこの街の現状にあった。

治安が悪化し盗賊が各地に跋扈《ばっこ》する今の有様は、どうしようもなく目に余る。

レオンを正気に戻すことができれば、それらも少しは改善するはずだ。

「だが、一体どうやってレオンに会うつもりなんだ？　その、言いづらいが君が放逐されたことは領地の使用人たちにも既に周知されているだろう。それらを頼るのは、あまり賛成できないが」

アルバートの言うように、私がこの街にいるかつての知人や使用人を頼っても、いたずらに警戒されるだけでレオンに面会できない可能性がある。

そこで私は、先ほどの商業ギルドでの出来事をアルバートに話した。

そして、そこで思いついたレオンに面会する方法も。

「――というわけで、私は商人に扮してミモザの納品のため城に上がろうと思います」

「だが、肝心のミモザはどうするんだ？　今の季節だともうどこにも咲いていないだろう」

ある種当然とも言える質問に、私は少し笑って言った。

「今ちょうど、ヒパティカに取りに行ってもらっているところです」

「取りに？」

「ええ、二ヵ国を隔てる山脈に。来たときは山頂に雪が残っていましたから、ミモザの花もまだ咲いているでしょう。ヒパティカの翼なら数日中に届くはずです。更に、レオンの届け物としてミモザの花を王都に届ければ、アンジェリカとの面会も容易なはず」

正直なところ、そこまでうまくいくかはわからない方法だ。

だがここで手を拱《こまね》いているよりは、余程確実性のある方法ではないかと思う。

アルバートは少し悩んだようだが、私の決意を察してか強く反対はしなかった。

それから二日後、予想通りヒパティカの手によって黄色いミモザの花が届けられた。

いよいよ、二度と会うことはないと思っていた弟との再会の時が来たのだ。

＊＊＊

商業ギルドの支部長には、商売をするためテオフィルスからパーシヴァルの王都へ向かう途中だと嘘をついた。

それでも組合員ではない商人を領主に接触させることに難色を示した彼らだが、私がクレイグの商隊に同行していて盗賊から命からがら逃げ出したことを知ると、いたく同情してくれてミモザの花の商いを許可してくれたのだった。

ただし条件として、領主代理――つまりレオンとの面会の際は、支部長が同行することが求められた。

その方がこちらとしてもスムーズに領主の城に入城できると考えた私は、その条件を快諾した。

また、手持ちの服も商隊から逃げる際に持ち出せなかったと説明すると、幸運なことに支部長の服を貸してもらえることになった。

彼女は名をセリーナといい、今は亡き夫の遺志を継ぎ女性ながらに商業ギルドの支部長を務めているそうである。

当日はメイクまでしてくれるという彼女の細やかな気遣いに、嘘をついていることが少しだけ心苦しくなった。

だが彼女を含めこの公爵領に暮らす人々のことを思えば、レオンを正気に戻すべきなのは間違いない。レイリがいない今、私にその任務がこなせるかは未知数だったが、できるできない以前にやるしかないのだと私は自分に言い聞かせた。

ヒパティカが取ってきてくれたミモザの花の鮮度が落ちないよう、領主の城にあがるのは商業ギルドに行った日から三日後と決まった。

実物を見てから王都に贈りたいという、レオンのわがままに感謝だ。

このわがままがなければ、セリーナは私ではなく、王都のギルド本部に早馬を出しそちらで花の調達をしようと考えたに違いない。

弟のわがままに救われる日が来るとはと呆れたような気持ちを抱きつつ、私はその日を迎えた。

ちなみにドレスは、前日のうちにデザインが若すぎてもう着られないからとセリーナから借り受け、サイズを合わせてある。

当たり前だが少し古いデザインだったので、流行に疎い商人と思われないよう、セリーナの許可を得てデザインにも手を加えた。若草色のドレスの裾からフリルを取り外し、すっきりとしたデザインに変えると、なかなか見られるドレスになった。

セリーナは私のお針子としての能力に驚き、商人より裁縫の仕事の方が向いているのではと言ってきたほどだ。

やはり身につけた技術は身を助けるのだなと思いつつ、彼女の申し出は丁重にお断りした。

「城に上がったらとにかく背筋を伸ばして姿勢をよくね。あなたなら心配ないと思うけれど」

当日の朝、化粧をされながらセリーナに城で注意すべきことのレクチャーを受けた。

まさかずっと住んでいたから大丈夫と言うわけにもいかないので、大人しく拝聴する。

といっても、礼儀作法に不安はないが商人としての基本などは何もわからないので、彼女の助言はありがたいものがあった。

「レオン様はお優しい方だから大丈夫だと思うけれど、万が一にも粗相がないようにね。もしお嬢様がいらっしゃったら、こんな無茶な依頼も来なかったと思うのだけれど……」

お嬢様という言葉に、どきりとした。

「お嬢様、ですか？」

「ええ、私も直接はお会いしたことがないのだけれど、生前夫が公爵家のご令嬢は素晴らしい方だと常々言っていたわ。だからこそ、女性であることが惜しまれると。去年お嬢様が公爵夫人の不義の子だったという内容のお触れが出て放逐されてしまったそうだけれど、そんなはずはないとこの街の人たちは言っていたもの。なんでも、そのお顔は亡くなられた先代の公爵夫人にそっくりだったんですって。まったく、公爵家では一体何が起こっているのかしらね」

セリーナの言葉を聞きながら、私は思わず泣いてしまいそうだった。

故郷の人全てに見捨てられたような気がしていたけれど、領地の人々全員がアンジェリカに毒されてしまったわけではなかったのだ。

ったはずだ。

ついでにセリーナの夫の名を聞くと、覚えのある名前だった。確か城に出入りしていた商人だっ

化粧の最中に泣いてしまっては大変なことになる。私は必死で平静を装った。

「こら、顔を動かさないで」

私がこの街を去った後に亡くなったと聞いて、なんだか残念な気持ちになった。

「この商いがうまくいったら、旦那さんのお墓に花を供えさせてください」

思わずそう言うと、セリーナは社交辞令だと思ったのか礼を言って曖昧に微笑《ほほえ》んだのだった。

＊＊＊

セリーナが代表を務める商会の馬車を借り、城へと向かう。

さすがに空を飛んで壊れかけた馬車で行くわけにはいかなかったので、ここまでお膳立てしてくれたセリーナには心底感謝していた。

私はかごに入れたミモザの花を持ち、セリーナと共に馬車に揺られる。

ヒパティカはといえば、人の姿では連れていけないので毛玉に化けてもらい首に巻いた。

毛並みは極上なので、こうするとまるでユキヒョウの毛皮のように見える。

「そのファー素敵ね。私にも売ってもらいたいわ」

早速目をつけたセリーナに買い取りたいと打診されたが、一点物だからと苦心して断った。

確かに、こんな風に継ぎ接《は》ぎのない一枚物のユキヒョウの毛皮なんて、とんでもない貴重品である。

私は苦笑するほかなかった。

この毛玉は生きているのだから、継ぎ接ぎなどなくて当然なのだ。

ちなみにアルバートは、宿泊している宿で留守番である。いくら髪を染めて変装しているとはいえ、アルバートまで一緒では私がセシリアだとばれてしまうかもしれないからだ。

彼はたいそう心配していたが、こればかりは信じてもらうより他ない。

そうこうしている間に、馬車は予定通りの時間に領主の城に到着した。馬車が向かうのは使い慣れた正面の車寄せではなく、出入りの商人専用のこぢんまりとした裏口だ。

元は自分の家とはいえ、商人専用の出入口など使ったことがないのでしげしげと眺め城を見上げた。

それをどう解釈したのか、セリーナが優しく私の背をたたく。

「緊張することはないわ。ご所望の品をこんなに早くお持ちしたのだもの。きっと気に入ってくださるわよ」

どうやら緊張していると思われたらしい。

確かに、緊張しているのかもしれない。

けれどそれはレオンがこの花を気に入ってくれるかどうかではなく、無事レオンの魅了を解けるのかという緊張だった。

ここまでお膳立てしてもらったことも、レオンの魅了が解けなければ何もかもが台無しである。

レイリが姿を消したことが、ここに来て大いに悔やまれる。

彼女はいったい何故姿を消したのだろうか。馬車から振り落とされたとは、どうしても思えなかった。あの殺しても死なないような魔女が、大人しく振り落とされるなんてちっとも想像できない。

さて、レイリに対する失礼な感想はこのくらいにして、これからの対策を練るとしよう。

といっても、予行演習は存分にしてきたつもりだ。おそらく案内されるであろう部屋や、そこに至る通路にも見当がついている。

あとはどうにかぼろを出さずに、レオンとの面会に漕ぎつけられるよう尽くすしかない。

案内に出てきたのは、まだ若いフットマンだった。幸運なことに、知らない顔だ。

柔らかい印象になるよう化粧してもらったので、髪色と相まって私がセシリアだと気づく者はまずいないだろう。

だが、それでも顔見知りの相手ではなくてほっとした。知り合いに間近で見られたらさすがに誤魔化しきれない。まずは第一関門突破といったところだろうか。

できるだけフットマンの背に隠れるよう注意を払いながら、私はセリーナと共に先に進んだ。廊下に敷かれた絨毯。壁にかけられた絵。行き交う使用人の制服。何もかもが昔のままだ。

幼い頃から慣れ親しんだ、私の家。

まさか再び足を踏み入れることになろうとは、思いもしなかった。

感情が昂《たかぶ》りそうになるのを、首元の毛皮を撫でて何とか堪える。

フットマンは私の予想していた通りの道順を通り、予想通りの部屋に私たちを案内した。出入りの商人などに使う、等級の最も低い応接室だ。

だが最も低いとはいえ、歴史ある公爵家の一室である。内装には貴重な家具などが惜しみなく使われ、来訪者に公爵家の権威を示すのには十分のように思われた。

それからしばらく待つよう指示され、私とセリーナは部屋に残される。

無事ここまでたどり着けたことに、とりあえずほう、と安堵のため息をついた。

「気に入ってもらえるといいわね」

私の緊張を感じ取ったのだろう。なだめるようにセリーナが言った。

「ええ、本当に」

本当は花を気に入ってもらえるかどうかなどどうでもよかったが、成功すればいいと思っているのは本当なので ゆっくりと頷く。

私は目を閉じて、自分の中に意識を集中させた。

まだ魔女としての力をうまく使えない私だが、ヒパティカが傍にいることでなんとなくではあるが彼と繋がっている感覚がある。

その感覚こそが重要なのだと、以前レイリは言っていた。

どこがどう重要なのか尋ねても彼女は答えをくれなかったので、今できるのはヒパティカとの繋がりに縋《すが》ることだけだ。

けれど不思議なのは、そうしているとささくれだった心が安らいで力が漲《みなぎ》ってくることだった。なにか特別なことをしているわけではないのに、不思議と不安が薄らいで、なんでもできるような気持ちになってくる。

一人じゃないということが、こんなにも心強いだなんて思わなかった。

思えば母と二人の逃避行。金で雇った傭兵も味方とは言えず、私はいつも世界に一人取り残されたような孤独を感じていた。

信じていた人たちに裏切られたこと。もう誰も信じないと思ったこと。

深い深い絶望の底から、蘇って私は今ここにいる。

レオンやアンジェリカから見れば、亡霊のようなものだろう。そう思うと、なんだかおかしかった。私は生きた亡霊となって、私を殺した連中のもとに殴り込みをかけようとしているのだ。

レイリもいない圧倒的に不利な状況で、それでも私は不思議と負ける気がしなかった。分の悪い賭けであろうと、無理やりひっくり返して私の勝ちにして見せる。

そう――思ったのだが。

私の意気込みをあざ笑うかのように、音沙汰がないまま一時間が過ぎ、二時間が過ぎた。

出入りの商人が待たされるのは当然としても、なんの連絡もなくこんなに待たされるのはさすがに妙である。

「なにかあったのかしら？」

セリーナも不思議そうにしている。

本来の目的とは別だが、持ってきたミモザは生花なので、できれば早く確認してもらって乾燥させてから王都に運びたい。

ミモザはとても乾燥しやすい花なのである。その分ドライフラワーには向いていると言えるが、一方で生花のまま持ち歩くのには向かない花だ。

「あの、私ちょっとお手洗いに行ってきます……」

「あら、大丈夫？」

「はい。使用人の方に場所を聞けば、なんとか行って帰ってこられると思います」

本当は間取りが完璧に頭に入っているので迷う心配はないのだが、正直に言う訳にもいかないのでそう説明しておいた。

「そう。レオン様がいつらっしゃるかわからないから、できるだけ早く戻ってきてね」

私は頷いて、そっと部屋を出た。

部屋に面した廊下に、人の姿はない。広大な屋敷はがらんとしていて、なんだか寂しげだ。

それはレオン以外の家族が社交シーズンで出払っているせいだろうか。

私は使用人に見つからないよう細心の注意を払いながら、長い廊下を進んでいった。目指す場所は、レオンの居室だ。

セリーナには悪いが、レオンと二人きりで対面できるのなら、それに越したことはないと思った。できることなら、セリーナには私がセシリアであると知られたくない。

私は人目のある場所を避け、屋敷の中を大きく迂回してレオンの部屋へと向かった。家族が暮らす場所は、応接室がある一角とは離れた場所にある。

時折通りかかる使用人をなんとかやり過ごしながら、まるで泥棒になったような気持ちで先に進んだ。

それにしても、先ほどからすれ違う使用人の顔に全く見覚えがないのは、一体何故なのだろうか。

確かにこのマナーハウスは、城というだけあって広大であり雇っている使用人の数が多い。なので全員の顔と名前を憶えているわけではないのだが、それでも。

見たことのある人間ならば一目見ればそうとわかるはずだが、一向に知った顔に巡りあわない。

通り過ぎる使用人すべてが見知らぬ顔なのである。

やり過ごした人数が十人を超えたあたりで、流石にこれはおかしいのではと思い始めた。

屋敷も内装もそのままなのに、まるでそこに住む人間が全員入れ替わってしまったような違和感を覚える。

小さな不安を抱きつつも、足を先に進めた。

知り合いがいないのならば好都合だ。早くレオンの部屋に辿り着こうと足を速めた、そのとき。

「そこで何をしているの！」

鋭い声が響いた。

聞き覚えのある声だ。

ゆっくりと、私は声のした方を振り返った。

自分が想像している人物とは違いますようにと、祈りながら。

だが、やはりと言うべきか、そこには見覚えのある人物が立っていた。

この屋敷で働く全てのメイドを取り仕切る、古株のメイド長。

当たり前だが、その顔には見覚えがあった。職務に忠実すぎるあまり鬼教官のあだ名を持つ、厳格な女性だ。

正直、可能性がある中でもっとも会いたくない相手であった。

しかし見つかってしまったものはしょうがない。

私はなんとかヒパティカの毛皮を使って顔を隠しつつ、うつむき気味に相手の顔を見た。

「あなた、屋敷の人間ではないわね？　一体ここで何をしているの！」

答えなければ今にも警備の人間を呼ぶぞという雰囲気だ。むしろ、すぐに呼ばれなかっただけ幸運といえるかもしれない。

「わ、私は本日、領主様の召喚により参りました商人でございます。なんでも王都に届ける黄色いミモザの花をお求めとのことで、商品をお持ちして急ぎ参った次第でして」

大丈夫だと自分に言い聞かせつつ、必死で説明する。

「だったら、応接室に案内されたはずでしょう？　なんでこんなところにいるのですかっ」

やはり鬼教官は、簡単には誤魔化されてくれないらしい。

「それがその、お手洗いを借りようと思ったのですが迷ってしまいまして。ちょうどよかった。場所を教えていただけますでしょうか？」

丁寧にこれ以上ないほど遜《へりくだ》って言うと、鬼教官はまるでこちらの真意を測るようにじろじろと私の顔を観察し始めた。

さすがにこれはまずい。髪の色を変え化粧で雰囲気を変えようが、私の顔を知っている人間にじっと見られては正体が露呈《ろてい》するというものだ。

どうにか彼女の意識を逸らせないだろうかと思考を巡らせるが、そう簡単に名案は浮かんでこない。

「あら、あなた……」

そしてメイド長は、何かに気づいたかのように更に私に近づいてきた。

どうするべきか考えすぎて、逆に頭が真っ白になってしまった。ここでばれたら一体どうなる。彼女は私を不審人物ではなく、勝手に帰ってきた不義の子として警備の人間に引き渡すのだろうか。

また嘲笑を浴び、謂《いわ》れない非難に耐えねばならないのか。ぐるぐると辛かった当時のことが思い出される。

さっきまであれほど心強い気持ちでいたというのに、自分の中に膨らんでいた自信が急激にしぼんでいくのを感じた。

逃げ出したい。今すぐここから悲鳴を上げて。

だがそうするわけにもいかず、かくなる上はヒパティカの翼で逃げてやろうかと本気で考えた、そのときだった。

「おや、そんなところにいたのか」

突然、私たちに声をかけてくる人物があった。

私は信じられない思いで、声のした方を見る。

だがその顔を認識する前に、後ろから腰に手を回された。

「探したよ。一人で勝手に出歩いちゃだめじゃないか」

甘い口調に、ぶるぶると背筋を震えが走った。

「こ、これはアルバート殿下！」

私たちに声をかけてきたのは、驚いたことに宿に置いてきたはずのアルバートだった。更に驚いたことに、メイド長はアルバートがここにいることをどうも知っていた様子なのだ。

「お騒がせして申し訳ありません。この者が人気《ひとけ》のない場所を歩いていたものですから、一体何をしているのかと確認しておりました」

メイド長はその顔に引きつった愛想笑いを浮かべた。

当然だ。メイド長がこの屋敷の中でどれだけ偉かろうが、それはあくまで使用人の中での話。隣国の王子などに出てこられては、当然そんなことは言っていられない。こうして言葉を交わしていることすら、恐れ多いと言わねばならないような相手である。

アルバートは呆然としている私の腰に回した手に力を入れ、まるでダンスでも踊るように私を引き寄せた。

メイド長の口出しを封じるためだろうが、距離が近すぎてなんとも落ち着かない。

「それはすまなかったね。彼女は私がレオンに紹介しようと連れてきたんだ。これで疑いは晴れたかい？」

どうやらアルバートは、私を助けてくれるつもりのようだ。

メイド長は顔を真っ青にして後ずさり、深々と頭を下げた。

「そ、それは申し訳ありませんでした！　お連れ様とは知らず、とんだご無礼を……っ」

すっかり委縮してしまったメイド長に、アルバートは優しく語り掛ける。

「なに、君は職務を全《まっと》うしただけだろう。仕事熱心な使用人がいてレオンが羨《うらや》ましいよ」

「と、とんでもございません」

「では、私たちはそろそろ行かせてもらうよ。レオンを待たせているのでね」

それからしばらくの間、メイド長は下げた頭を決して上げようとはしなかった。

私はアルバートにエスコートされるまま、廊下を歩いていく。

どうしてここにアルバートがいるのかはわからないが、どうやら危機は脱したようだ。角を曲がってメイド長が見えなくなると、背中から緊張が抜けどっと疲れを覚えた。

「あ、ありがとう」

「いや、何とか間に合ったようでよかった」

アルバートは私から体を離すと、心底安堵したような声音でそう言った。

「それにしても、一体どうしてここへ？」

疑問に思っていたことを問えば、思わず責めるような口調になってしまった。助かったのは本当なのだが、そのつもりならば先に言っておいてほしかったと思うのは我儘《わがまま》なのだろうか。

アルバートは少し気まずそうに目線を逸らして言った。

「その、決して君の計画が信用できなかった訳ではないのだが、どうしても気になって……。一応レオンにはお忍びと言ってあるから、テオフィルス王子のアルバートがここに来ていると知っているのはさっきの使用人も含めほんの一握りだ」

そもそもアルバートが自らの身分を隠していたのは、パーシヴァルでは追われる身である私と一緒にいても目立たないようにするためだ。

勿論、王族が先方の国の許可なしに入国するのはありえない事態なので、国家間の問題にならないようにするためという理由も大いにある。

それを、心配だからと押しかけてきたのはどうかと思うが、実際それに助けられたのだから私が苦言を呈するのは筋違いだろう。

アルバートは今、仕立てのいいシャツにジレを合わせて、いかにも貴族子弟のお忍びといった装いだ。格好だけなら、王族がするようなものではない。

私の想像だが、おそらく屋敷の中に人が少なかったのは、突然やってきたアルバートを出迎えるために使用人たちがそちらに人手を取られていたためだろう。

そして、私が長時間待たされたのも。

まさかレオンも、訪ねてきた王子を放って商人に会いに行くわけにはいかなかったに違いない。

その想像に何となく複雑な気持ちになりながら、私は胸元のヒパティカの毛皮をそっと撫でた。

するとまるで自分も活躍したいとでも言いたげに、毛皮のえりまきが身じろぎをする。

とにかく今は気持ちを切り替えて、レオンに会いにいくのが先決だ。

「わかりました。とにかくレオンに会わねばなりません」

「ああ。レオンは自室にいるよ。さっきまで俺の相手をしていたのだが、用があると言って部屋に戻ったんだ」

やはりというかなんというか、レオンはアルバートの来訪によって足止めされていたらしい。

思わず嫌味の一つも言ってやりたくなるが、それは無事目的を達成してからでいいだろう。

レオンの自室であれば応接室より人目も少ないので、弟との再会場所としては好都合とも言えた。

私は息を整え、まっすぐに前を向く。

「では、行きましょう」

「ああ」

そうして私たちはさながら、戦地に赴く騎士の意気込みでレオンの部屋へと向かった。

もう二度と会うことはないと思っていた弟に、再会するときがやってきたのだ。

# 第七章　再会と運命と私

いよいよそのときがやってきた。

「開けるぞ」

アルバートの言葉に、こくりと頷く。

ノックをして、先に彼が部屋に入った。間髪を容《い》れず、私がそのすぐ後に続く。

「遅かったですね。道に迷いましたか」

少し笑いを含んだ声が、アルバートの背中の向こうに聞こえた。

聞き覚えのある声。もう二度と、聞くことはないと思っていた声。

「おや、そちらの方は……？」

私の存在に気づいたのだろう。部屋の主が訝し気な声を出した。

「ああ、お前に会わせたい人がいて連れてきたんだ」

「会わせたい人……？」

アルバートの背中から足を踏み出し、思い切って彼の隣に並ぶ。

ちょうど一人掛けのソファから立ち上がったところなのか、その人物は部屋の真ん中で不思議そうにこちらを見つめていた。

私と同じ色味の薄い金髪に、菫《すみれ》色の瞳。

成長して健康になったとはいえ、その肌の色は白く体格も男性の中で言えば華奢《きゃしゃ》な方である。

幼い頃などは、よく女の子と間違えられた。いたずらっ子で、時折ドレスを着て私と入れ替わって大人をからかったこともある。

けれど本当は優しくて、人を傷つけるような嘘は絶対につかなかった。

そう――アンジェリカと出会うまでは。

「初めまして」

挨拶こそしたものの、一向に名前を名乗ろうとしない私にレオンは不思議そうな顔をする。

それでもアルバートの知り合いということで、レオンが警戒することなくこちらに近づいてきた。

さすがに間近で見たら、気づかれてしまうだろう。髪の色を変えようと、化粧で雰囲気を変えようと、私は私なのだから。

「初めまして。私は――」

握手をするために差し出された手が、空中で止まった。

これでもかというほど目を見開き、レオンはこちらを凝視している。

緊張の一瞬だ。レオンがどう出るかは未知数だった。

顔には笑みを貼りつけつつも、口の中はまるで砂漠を行くかのごとく乾いている。

「ごめんなさいね。お久しぶりの間違いだったわ」

完全に硬直してしまったレオンに、ヒントを一匙《ひとさじ》。

それを受けて、レオンの表情は確信のそれに変わった。

「姉様……っ」

レオンの穏やかな顔に、忌々しそうな表情が宿る。

王都から離れたら少しは変わるなんて、そんなことは全然なかった。レオンは記憶にある彼のまま。私を疎《うと》んで追い出すことに手を貸した、壊れた弟のままだった。

「アルバート！」

なんと厄介なものを引き込んでくれたのだとばかりに、レオンがアルバートを睨みつける。

その態度は、明らかな拒絶。

けれど不思議と、私の心は凪《な》いでいた。何故だろうか。以前の私ならば、いくら慣れたとはいえ弟にこんな態度をとられれば、少なからず傷ついたはずなのに。

弟に嫌われることは、私にとってつらいことだった。ある意味、婚約者のライオネルに嫌われるよりも。

けれど今の私は、もうこれが魅了という魔女の術の効果だと知っている。優しかった彼の本心で

はないのだとわかっている。

それだけでこんなにも違うものかと、新鮮な驚きを覚えた。

操られていたなんて関係ない。もう誰も赦さないと思っていたけれど、アルバートに再会したことで、きっと私は変わった。

恨みに取り付かれて、母のためしか生きる理由のなかった私だが、もう一度頑張ってみてもいいのかもしれないと思った。

今度は、私の大切な人たちを取り戻すために。

「何しに戻ったのですか？　あれだけ無様な姿をさらしておいて、まだ足りないのですか？」

レオンの顔が、醜悪に歪《ゆが》んだ。

私をせせら笑うように、口元には笑みが浮かぶ。

「レオン、お前……っ」

今までは見て見ぬふりをしていたアルバートが、怒りを覚えたのか顔を険しくした。ああこの人は本当にもう違うのだと、何故だか今になってそう思った。

そしてレオンに歩み寄ろうとするアルバートの服の裾《すそ》を引いて、私は彼を止めた。

「待って」

「セシリア、だが……」

アルバートの顔は、困惑で揺れていた。

だが私は、彼の困惑には答えず、じっとレオンを見つめた。

「なんです。憎いのですか？　あなたを追い出したこの弟が」

私はただ黙って、レオンをじっと見つめ続けた。

さすがにおかしいと思ったのか、レオンもやがて口を閉じ、警戒するようにこちらを睨みつける。

部屋の中に、何とも言えない沈黙が落ちた。空気は緊迫している。

私はじっと、レオンを見つめ続けた。睨みつけていたわけではない。ただ、驚いていたのだ。

レオンが暴言を吐きはじめたタイミングで、私には今までに見えなかったものが見えていた。

それはレオンを取り巻く、黒い沢山の羽虫《はむし》だった。こんなに大量の羽虫は、見たことがない。それらはどんどん数が増え、やがてレオンを覆ってしまったのだ。

私は不快感を覚えた。だが、奇妙なことにレオンもアルバートも羽虫について言及しない。

おそらく彼らには見えていないのだろう。

羽虫の集団はいよいよレオンを中心に黒い球体のようにおし固まり、ぶんぶんと低い羽音を立てた。

私は本能的な嫌悪を感じ、思わず口を押さえる。

「セシリア？」

私がレオンの言葉にショックを受けていると思ったのか、アルバートが気づかわし気にこちらを見ていた。

私はそれ以上彼が近づいてこないよう、手のひらを突き出し彼の動きを制した。

「セシリア？」

「くるわ」

アルバートが、首を傾げる。

「くるって、何が……」

「私から離れて！」

咄嗟に叫ぶと、私は襟巻《えりまき》のふりをしていたヒパティカを首から外して放り投げた。

「ヒパティカ、お願い！」

私の叫びに応じ、白い毛皮が純白のグリフォンへと転じる。それと同じタイミングで、レオンに集《たか》っていた羽虫たちが私に襲い掛かってきた。羽音は轟音《ごうおん》となり、まるで私を取り込もうとするかのように部屋中に広がる。

純白の羽毛を持つヒパティカは、まるで漆黒の闇を切り裂く稲妻のようだ。

彼はまず大きく息を吐くと、次の瞬間翼を広げて羽虫を口の中に吸い込み始めた。黒い霧が、どんどんヒパティカのくちばしの中に吸い込まれていく。

それは、あまり心地いい光景とは言えなかった。

口を押さえ、息を詰めて成り行きを見守る。

なにかただならぬことが起こっていると悟ったのか、アルバートは周囲を警戒して息を詰めていた。

「う、うがぁぁぁ！」

突然、レオンが苦悶《くもん》の叫びをあげる。

今まで見たこともないような、獣のような荒々しい苦しみようだ。

直後ガタンと大きな音がして、羽虫の中の人影が床に転がったのがわかった。

「レオン！」

思わず叫ぶ。

レオンはもがき苦しみながら、獣のような唸り声を上げ続けていた。

「一体何が起こっているんだ！」

そう言いつつ、レオンを心配してアルバートがレオンに近づこうとする。

「だめ！」

私は咄嗟に叫んだ。

よくはわからないが、この羽虫たちはどう考えても良いものではなさそうだ。しかもこちらに襲い掛かってきたことを考えると、どうやら私たちに敵意を持っているようである。

ヒパティカは今も、大量の羽虫を吸い込み続けている。

グリフォンの顔色はわからないが、その顔はなんだか苦しそうだ。

そしてそれと呼応するように、私の喉もどんどん熱く、そして息がしづらくなっていく。

まさか、私とヒパティカは感覚を共有しているのだろうか。今までそんなこと考えたこともなかったが、思い当たる節は確かにあった。

「アルバート、落ち着くまでレオンには近づかないで。ヒパティカ、あと少しだから頑張って！」

今もまだ、レオンの苦しみは続いている。

辺りに羽虫はほとんどいなくなったが、驚いたことにヒパティカが吸えば吸うだけレオンの口や耳から羽虫が這い出してくるのだ。

あまりにも気味の悪い光景に、胃の腑から酸っぱいものがこみあげてきた。苦しさに思わず膝を折ると、アルバートが駆け寄ってくる。

「セシリア！」

羽虫を吸い込み過ぎたのか、ヒパティカはふらついている。私は苦しさに涙をこらえながら、心の中で精霊に声援を送った。

先ほどよりも、レオンから発せられる羽虫はその数を減らしているように思える。

あと少しだからそれまでもってくれとばかりに、アルバートに支えられながら必死に祈る。

「っ……ヒパティカ、あと少しだから頑張って。もう少しなの。もう少しで……」

その時、床で暴れ回っていたレオンが大きく咳《せ》き込んだ。その拍子に、ひときわ大きな蠅《はえ》のようなものが吐き出されてくる。

私は背筋がぞっとした。あんなものがレオンの中に巣食っていたのかと、どうしようもない嫌悪感を覚えた。

このとき既に、私はこの羽虫たちがアンジェリカの放った魅了の正体だと気づいていた。彼女の魅了はこのように人には見えない虫となって相手に取り付くのだ。そして傍にいればいるだけ、強く影響を受けてしまう。

なんて醜悪で、卑怯な術なのだろう。

一体どれだけの人が、彼女の魅了で道を誤り不幸になったのだろうか。

今まで実感が持てずにいた魅了という術の恐ろしさを、私は改めて思い知ったのだった。

「あれが……レオンをおかしくしていたのね……」

私は苦しさに耐えつつ、アルバートを見た。

「アルバート……っ、あの剣を取ってください」

指示したのは、壁に飾られていた細身の剣だ。刃の潰された装飾用の剣だが、今はそれでいい。

「一体どうするつもりなんだ」

まさかレオンを斬るつもりなのかと、アルバートの顔には恐れが浮かんでいた。

しかし、彼に見えないものをいちいち説明している暇はない。

「いいから、それを！」

私は奪い取るように、アルバートの手から剣を抜き取った。その拍子に細密な彫刻が施された鞘《さや》がはずれ、光沢のある刀身《とうしん》が現れる。

ふらつく足で踏ん張り、両手で剣を握った。

だがいくら細身であろうとも剣は重く、踏ん張りがきかずによろけてしまう。

「危ない！」

見かねたアルバートに体を支えられ、温もりに包まれた。

何が起きたのかと驚くのと同時に、背中から長い手がまるで私を抱き込むように伸びてくる。

「何をするつもりかは知らないが、このままでは怪我《けが》をするだけだ」

そう言って、アルバートは剣を握る私の手を上から包み込んだ。剣だこのある固い手だ。剣の重量を彼が引き受けたことで、私はなんとかその場に立つことができた。

「十二時の方向、シャンデリアの下を斬ります！」

そう言うと、私とアルバートは無我夢中で剣を振り上げた。

巨大な蠅は攻撃対象をヒパティカからこちらに変え、すぐそこまで迫っている。

「今です！」

私は叫びと共に、剣を振り下ろした。

ほとんどはアルバートの力だ。ビュンと風を切る音がして、剣は巨大な蠅の頭に深々と突き刺さる。

ぶんぶんという、まるで断末魔のような羽根の音。

それがどんどん小さくなり、やがて蠅はピクリとも動かなくなった。

次の瞬間、巨大な遺骸《いがい》ははじけ飛んで黒い霧となった。それを待ち構えていたようにヒパティカが霧を胸いっぱいに吸い込む。

息苦しさはすっかりなくなり、先ほどまで苦しげにしていたヒパティカは満足そうにげっぷをしたのだった。

＊＊＊

さて、どうやら目的は果たせたようだが、これからどうしようか。

ヒパティカが巨大化したせいで部屋の中はめちゃくちゃだし、部屋の真ん中では弟のレオンが力尽きたように倒れている。

これではまるで強盗にでも襲われたようじゃないか。

「やあやあ、これは大変な騒ぎだったねぇ」

そこに、私でもアルバートでもない声が響いた。

驚いて声の方を振り返ると、そこにいたのはあのとき馬車から忽然と消えた魔女レイリだった。

「レイリ！　あなたどうしてここに」

思わず怒鳴ってしまったのは、仕方ないと思う。

彼女がいなくなったことでレオンの対処を一人でしなければいけなかったし、何より黙っていなくなった彼女のことを私もアルバートも少なからず心配していた。

人ではないのだから無事だろうとは思いながらも、いなくなった場所が場所だけに馬車から落ちたのではないか、盗賊に囚われたのではないかと気を揉《も》んでいたのだ。

だがそんな心配など全く杞憂《きゆう》だったようで、レイリはいつもの如く癖のある笑い声をあげた。

「ひーっひっひ！　あれくらいのことで魔女がどうにかなると思ったのかね。意外に可愛らしいところがあるねぇセシリアは」

「思いませんでしたわ。ええ、ちっとも！」

怒りを込めて言葉を返すと、レイリは口元に意味ありげな笑みを浮かべて私たちを見た。

「まあでも、私の読みは当たったようだね。無事一人でも解呪ができたじゃないか。よくやったよ。そっちの王子様もね」

レイリにからかわれ、私は思わずアルバートの腕の中から飛び出した。

そもそも抜け出るタイミングを逃してしまっただけで、ずっとそうしていたかったわけではないのだ。当たり前だが。

アルバートは私がいなくなった場所を、なんだか残念そうに見下ろしていた。

この人もこの人で、緊急事態だからといって随分思い切ったことをしてくれたものである。

「構っていられないわ。アルバート、使用人を呼んでください。レオンを休ませなくては」

「ああ、だが君はどうする？」

「私は駆け出し商人のピアに戻ります。ご同行いただいたギルド支部長も、そろそろ待ちくたびれている頃でしょうし」

窓から見える太陽は、もう傾き始めている。昼過ぎにこの城に入ったことを思えば、セリーナはレオンが現れないことに疑念を抱いているだろうし、私が戻ってこないことに気を揉んでいるだろう。

「わかった。では月熊商会で落ち合おう。それから、レイリの部屋も用意するよう宿の主人に伝えておいてくれ。今日の夜は三人で今後について話し合おう」

てきぱきとこれからの方針を決めていくアルバートの言葉に、グリフォンから一転して人の姿に戻ったヒパティカが口をはさんだ。

「おれは？」

どうやら、今後を話し合う人数に数えられていなかったことが不満らしい。

頑張ってくれたのだから褒めなければとヒパティカの頭に手を伸ばして、私はあることに気がつく。

「ヒパティカあなた、大きくなってない？」

人間に化け始めた頃は十二、三歳くらいと思われた身長が、明らかに伸びている。私の身長を追い越して、頭の位置がアルバートの鼻あたりにまで達していた。

もはや見た目では少年ではなく完全に青年である。顔が幼いのでまだ私の弟で通りそうだが、一緒に旅した商隊の人たちが見たらさぞ驚くことだろう。

「そりゃあれだけの魔力を吸ったんだ。大きくもなるさ」

どうやら、ヒパティカは魅了の術を吸ったことにより、成長したらしい。それではこれからさらにアンジェリカの魅了の術を吸収すれば、彼はもっと大きくなるのだろうか。

稚《おさな》い子どもが急に大人になったような気がして、なんとなく少し気後れしてしまう自分がいた。

「とりあえず、新しい服を買いましょう」

ヒパティカが変身している間、不思議と身につけていた服はどこかに消えてしまう。

けれど基本的には私が買ったり作ったりしたものなので、ごく普通の布で作られた服だ。

なので今も、成長したヒパティカの体に合わずパツパツになっていた。胸元のボタンがはじけ飛びそうなので、早く新しい服を入手しなくてはならないだろう。

＊＊＊

打ち合わせ通り、私が部屋を後にしてからアルバートは使用人を呼んだらしい。

荒れ果てた部屋を見て一体何があったのかと使用人たちは驚いたそうだが、誰もお忍びとはいえ隣国の王子であるアルバートを問いただすことなどできなかっただろう。

私はあの後、元の応接室に戻り帰ってくるのが遅いとセリーナに大層怒られた。

「ちょっと、一体どこまで行ってたの⁉　なかなか戻らないから心配したわよ！」

疲れ果てていた私には、セリーナの心配したという言葉が存外染みた。

私が公爵家に無作法をしたのではと恐れているのではなく、純粋に私の身を心配してくれているのが伝わってきたからだ。

そしてそんな彼女を利用したのだと思うと、心が痛い。

それからしばらくしてやってきた使用人に今日の面会はなくなったと言われ、私と彼女は公爵家を後にした。

レオンに会えなかったことをセリーナはとても残念がり、あれほど怒ったはずなのにチャンスがふいになった私のことも気遣ってくれた。

こちらとしてはむしろ、あれだけ色々してもらったのに彼女に無駄な時間を過ごさせてしまい、申し訳ないほどだった。

「まあ気を落とさないで。容易い道ではないけれど、女でも商人になれるわ。私が保証する」

女性ながらに商業ギルドで支部長をしているセリーナが言うと、かなり説得力がある。

一瞬、ほんの一瞬だけ、私はこの街で商人をする自分を思い描いた。自分の力で金を稼ぐというのはものすごく魅力的だ。

だが、アンジェリカを放置しておくことなどできないとわかっている。

帰りに適当な店でヒパティカの服を買い、月熊商会へと向かう。

商業ギルドでドレスから着替えてメイクも落としたので、もうかりそめの商人としての私はどこにもいない。

せっかくヒパティカにとってきてもらったこのミモザの花も、出番なく終わりそうだ。

このまま捨ててしまうのは忍びないので、ドライフラワーにして商業ギルドで買い取ってもらうのもいいかもしれないと思った。

宿に寄って部屋をもう一つ確保した後、月熊商会に到着すると、こぢんまりとした建物が何やら騒がしい。

なにかあったのだろうかと不思議に思いながら中に入ると、そこでもまた驚くべきことが起こっていた。

「クレイグ！」

そう、そこにいたのは商隊長のクレイグだったのだ。

あちこちに包帯を巻いた痛々しい姿だが、元気そうにしているところを見ると大きな怪我などはないらしい。

商会で働く他の商人たちも、彼を取り囲んでその無事を喜んでいた。

私が慌てて駆け寄ると、彼もこちらに気がついたのか笑み崩れる。

「ピア様、ご無事で何よりです」

「それはこっちの台詞よ！」

ここにいる人たちは私がセルジュから託された特別な客だと知っているので、基本的に丁寧な態度で接してくれる。

クレイグも商隊長としての顔ではなく、テオフィルスの諜報員としての顔で言った。

とはいっても、彼は私が心配していたなど思いもよらなかったようで、いつもにこやかにしている目を見開いて驚いていたけれど。

「まさかご心配いただけるとは……」

「それより、どうしてあなたがここに？　他のみんなはどうしたの？」

言ってから、この質問は酷かもしれないと気がついた。

だが、クレイグは驚いたことに笑って言った。

「ははあ、それがあの盗賊なんともお粗末でして」

「どういうこと？」

「近くの農民が重税に耐えかねて盗賊になったらしいんですが、全員腹を空かせてろくな攻撃もしてこないんですよ？　こっちはピア様と殿下をお守りするために王立騎士団の精鋭が同行しておりましたから、農民なんてものの数じゃありません。すぐに鎮圧してお二人の後を追ったのですが、どちらに行かれたのかもわからず、この街に急いで馬を走らせた次第で」

クレイグの話を聞いて、私は唖然としてしまった。

私は知らなかったのだが、あの商隊はそのほとんどが騎士や引退した騎士で構成されていたらしい。驚いたことに、馬車に同乗していたあの女たちすら、だ。

そんな中、より自然な商隊を装うため同行を許したマーサが、村人を主軸とした盗賊の一員だったのだから、世の中何が起こるかわからない。

クレイグたちは襲ってきた即席の盗賊たちを返り討ちにし、慌てて私たちを探したのだそうだ。しかし私たちはヒパティカの力で空路を使ったため見つけられなかったらしい。

私たちが放した馬を見つけて、クレイグたちは大層慌てた。

そこでこの州都で仲間を集めて私たちを探そうと考えたが、彼らの予想に反して私とアルバートはとっくに州都に辿り着いていたという訳だ。

「こちらこそ驚きました。馬もなしに一体どうやってここに辿り着いたんですか？」

クレイグに尋ねられ、私は苦笑するしかなかった。

まさか空を飛んでここまで来たとは言えない。クレイグ相手なら話しても構わない気がするが、どうせ信じてはもらえないだろう。信じてもらうためにあれを再現するなどまっぴらごめんなのだ。できることなら、もう二度とあの移動手段には頼りたくない。

私がこんなことを考えていると知ってか知らずか、ヒパティカはまるで褒められたとでもいうように得意げにしていた。

「クレイグ⁉」

そのとき、後ろから聞き覚えのある声が聞こえ、振り返るとアルバートが立っていた。

彼もまた盗賊に襲われたはずのクレイグがそこにいるので、私同様驚いたらしい。長身の彼が立ち尽くしているので、完全に入口を塞いでしまっている。

「ああ殿下、よくぞご無事で！」

クレイグも、やはりアルバートの無事な姿を見て安堵したようだ。

私たち二人が馬を残して消えたのだから、クレイグもさぞや肝を冷やしたに違いない。

クレイグは先ほど私にしたのと同じ説明をし、二人は再会を喜び合った。アルバートはクレイグをねぎらい、更にこの地の領主の息子――つまりレオンに接触した旨を手短に伝えている。

その時ふと、私は商会の入口にローブを着てフードを目深にかぶった見るからに怪しい人物が立っていることに気がついた。

その人物は中に入ろうか入るまいか迷っているようで、先ほどから行ったり来たりを繰り返している。

月熊商会の客だろうかと不審に思い入口から顔を出すと、相手が明らかにぎょっとしたのがその動きでわかった。

「あの、お客様ですか？」

尋ねると、フードの人物はぶるぶると震えだす。

体調でも悪いのだろうか。対応してもらおうと奥にいる店員を呼ぼうとした、そのとき。

「ね、姉様ー！」

突然その人物が、叫びながら飛び掛かってきた。

私は驚いてしまって、身動きすらできない。

「きゃ！」

強く抱きしめられ、何が起こったのかもわからず頭が真っ白になった。

そこにヒパティカがすぐさまやってきて、私からその不審人物を引き剥がす。

「お前セシリアになにするんだ！」

その拍子に、不審人物の被っていたフードが外れた。

そして現れた顔は――先ほどのたうち回っていたはずの、弟のそれだった。

＊＊＊

とりあえず商会にいては落ち着かないということで、私たちは宿泊している宿でレオンと話すことになった。

月熊商会が手配してくれた宿は商会からすぐ近くなのだが、そこに行く道すがらなんとも落ち着かない心地を味わった。

それは昔のように弟が懐いてきてくれて嬉しいはずなのに、どうしても素直に喜べないせいだ。

弟にされたことを、私はまだ過去にはできていないのである。

宿に着くと、レイリが待っていた。呼びつけておいて遅いぞと言われ、なんだか私はほっとしてしまった。

再会したばかりだが、レイリは相変わらずレイリのままだ。

私たちは借りている中で一番大きな部屋に集まった。私とヒパティカが寝起きしている二人部屋だ。

アルバートは私とヒパティカが同室になることに難色を示したのだが、ヒパティカが私から離れることを嫌がったのでこういう部屋割りになった。

椅子は二脚しかないので、私はヒパティカと共にベッドに座った。椅子にはアルバートとレオンが座り、レイリはといえば不敵な笑みを浮かべてなんと何もない空中に腰かけている。

そんなレイリを、レオンは驚いたように凝視していた。

私ももっと力を付けたら、同じことができるようになるのだろうか。

別にそれほど羨ましくはないなと思いつつ、目の前の話に集中する。

「レオン、正気に戻ったのですね……？」

疲れ切っていたので、私は回りくどい前置きをする余裕もなく本題に入った。

弟は部屋に入る前からずっと、痛みをこらえているような顔をしていた。大の大人が今にも泣いてしまいそうな、そんな顔だ。

「姉様、僕は……っ」

突然レオンが勢いよく立ち上がったことで、彼が腰かけていた椅子が倒れた。

「あんなこと、するつもりじゃなかった！　どうしてあんなことをしたのか……っ。姉様が父上の子どもでないはずがないのに。そんな馬鹿なことあるはずがないって否定しなきゃいけなかったのに、僕は！」

感情が昂っているのか、レオンが早口で気持ちを吐露する。

そして彼は、ベットに座っている私に駆け寄ってきた。先ほどのように抱きしめるつもりなのか、それとも跪くつもりなのか。

わからないけれど、その瞬間私は恐怖を覚えた。

それは、本当はレオンの魅了が解けていなくて、このまま彼に殺されるんじゃないかという恐怖だ。

仲のいい弟が何を言おうとも、私は既に彼を信じきれなくなっているのだった。

恐怖で悲鳴が口から漏れた。

怖い――――弟がどうしようもなく。

「やめろ！」

アルバートが、羽交い絞めにする形でレオンを止めてくれた。

部屋の中に、気まずい沈黙が落ちる。はあはあと荒い息が聞こえると思ったら、息を荒らげているのは自分自身だった。

「やれやれ、重症だね」

場を和ませるように、レイリが言う。

彼女の遠慮のなさが、今はありがたい。

「落ち着け。セシリアの気持ちも考えろ」

アルバートがレオンをなだめている。

レオンの落胆ぶりは明らかだった。けれど私は、彼に大丈夫よと言ってやることができなかった。

私も以前何度も、同じような顔をしてレオンを見たはずだ。けれど彼は、皮肉げな笑みで領主の城でのように私を罵倒するだけだった。

「俺も同じだ、レオン。セシリアをとても傷つけた後、正気に戻って彼女に赦しを請うた。でも気づいたんだ。赦しを請うことは相手の慈悲に期待することだ。沢山の物を失ったセシリアに、これ以上何かを求めるなんてしてはいけないんだ」

アルバートの言葉は、思ってもみないものだった。

その言葉を聞いたら何故か、荒かった呼吸が少しずつ楽になっていくのを感じた。

「ごめん……」

崩れ落ちるように、レオンは椅子に再び腰かけた。

そんなレオンに、アルバートがこれまでの経緯を説明していく。まずアルバートが隣国に戻った際、様子がおかしいと判断され魔女の治療を受けたこと。

副作用に苦しめられたが、一年後になんとか完治し商人を介して私を保護したこと。

原因と思われるアンジェリカを排さなければ、パーシヴァルの状況はどんどん悪化し取り返しのつかないことになりそうだということ。

そのために今、魔女であるレイリと魔女の素養がある私が、王都に向かっているということ。

「魔女ですって？　そんなのおとぎ話じゃ……」

「おとぎ話じゃないのは、お前もよくわかっているはずだレオン。どうして俺たちが揃いも揃って一人の少女に恋をし振り回され、自分の大切な人までそうと気づかずないがしろにしたのか。他に説明のしようがない。お前はライオネルの婚約者である異母妹と通じて領地での謹慎を言い渡されてここにいるそうだが、今もその異母妹をそこまで愛しく思うのか？　何を犠牲にしても、誰を傷つけても構わないというほどに強く？」

アルバートの問いに、レオンは力なく首を横に振った。

「本当に、自分がどうしてあんなことをしたのかわからないんです。最初あの子が家に来た時、驚いたけれど優しくしようと思いました。けどそれがいつの間にか、彼女に好かれたくてたまらなくなって、そのためなら何でもできると思うようになってしまった。どうしてだろう。そんなつもりじゃなかったのに。父上が僕たちの母上を放逐すると聞いた時も、止めなきゃいけないのに僕は喜んだんです。ちゃんとした証拠だってなかったのに！」

当時を思い出しているのか、レオンが苦しげに叫ぶ。

「アンジェリカの力はそういう力だとしか、言いようがない。けれど今日、お前は正気に戻った。まだ遅くない。お前はしばらく王都には戻るな。謹慎が解けても、体調不良だと言って領地に籠っておけ。余計なお世話だとは思うが、その間に領地を立て直すんだ。ここに来るまでに聞いた話では、近年急に税率が上がって公爵家の領民は大変な思いをしているようだぞ。俺たちも、ここに来るまでに食い詰めた農民たちに襲われたんだ。このままでは、治安が悪化して他の商人も通らなくなる」

我が家は、テオフィルスとの交易で富を得てきた家だ。

そのことがわかっているからか、レオンも青ざめた顔で頷いた。

「わかりました。でも、姉様とアルバートはどうするんですか？」

できることならここに残ってほしいと、その顔に書いてあった。

けれど私には、まだやることがある。

「王都に行くわ。こうなった元凶と対決しにね」

「そんな、危ないんじゃ……」

レオンが止めようとするが、私はここで立ち止まる気なんて全くなかった。

もしここで歩みをやめてしまえるような弱い覚悟だったとしたら、最初から安全なテオフィルスを出たりしなかっただろう。

「もう決めたの。それに、危ない目にならこの一年何度も遭ってきたわ」

そう言うと、レオンは責任を感じたのか黙り込んでしまった。

「安心しろ。お前たちの母上はうちの国で保護している。だから——少しでもセシリアに罪悪感を覚えているのなら、協力してくれないか?」

「協力、ですか?」

どうやらアルバートは、レオンの私への罪悪感を利用して何かを引き出すつもりのようである。

人の弟に勝手に何をと思うが、今のアルバートが私に不利益になることをするとは思えないので黙って見守ることにした。

「ああ。俺たちには大手を振って王都に行く方便が必要なんだ」

アルバートの言葉に、レオンはよくわからないと言いたげに首を傾げていた。

# エピローグ

出発の準備で、商隊はがやがやと騒がしい。

その中心部ではまだ包帯の取り切れていないクレイグが、てきぱきとあちこちに指示を出している。

再会した商隊の面々は、それぞれみんな元気そうでほっとした。

私を見ると、一様に申し訳なさそうな顔をするのは、全員が騎士だということを黙っていたからだろう。

よく考えてみれば、クレイグは最初からアルバートが同行していると知っていた。

テオフィルスの人間として、いくら軍事演習に参加して腕に覚えがあるとはいっても、王子をたった一人で隣国に行かせられるわけがない。

おそらく検討に検討を重ねた結果、最低限必要な護衛の人数がこの商隊の人数なのだろう。

どうして私に黙っていたのかは知らないが。

そしてどんなに探しても、その中にマーサの姿はない。

彼女は食い詰めた農村の住人だったのだろうか。それにしては世慣れていたから、商人に恨みがあって協力していたのかもしれないし、本当のところは闇の中だ。

我が国の刑罰で、盗賊は捕縛されたら即刻死刑と決まっている。

ただし彼らに前科らしい前科はなく、商隊側も事を荒立てたくないということで特別な恩情がかけられる可能性もある。

司法を混乱させるわけにはいかないので量刑に口出しすることはできないが、叶うなら刑が軽くなるといい。

彼らが罪に手を染めようとした原因が父の治世によるものだとすれば、彼らも私と同じ被害者なのだから。

「何を見ているんだ?」

声をかけられ振り返ると、そこには傭兵の格好に着替えたアルバートがいた。

顔を隠していないとどうしても容姿が浮いてしまうので、彼が最初にフードを被っていたのは正しい選択だったなと思う。

「なにも」

本当に何か目的があって商隊を眺めていたわけではなかった。

ただ、明日私たちはこの街を出る。

もう二度と戻ることはないと思っていた故郷。ところが思わぬ形で帰郷を果たした。

ではもう一度この街に来ることはできるだろうか。無事アンジェリカを排除してここに帰ってく

ると は、今はまだ断言できない。

王都には、アンジェリカに魅了されている人がもっとたくさんいる。一人や二人ではない。おそらく何十人といるのだ。

彼らはアンジェリカを守るために、私を攻撃しようとしてくるだろう。

それでも私は、全てを台無しにしたアンジェリカに思い知らせねばならない。

特別な力を持っているのは己だけではないということ。踏みつけた相手に足を掬《すく》われ破滅することもあるということ。世界が何もかも、アンジェリカの思い通りにはならないということを。

故郷を守りたいとか、祖国を救いたいとか、そんな立派な志なんて欠片もない。

私はただ、私からすべてを奪おうとしたあの女に復讐したいだけなのだ。

「レオン、副作用もなく元気そうだよ。よかったな」

突然の言葉に、私は驚きつつも小さく頷いた。

宿でレオンと面会したあの日以来、アルバートは私の前でレオンの話を一切しなかった。

おそらく、私がまだレオンのことを赦しきれていないとわかっているのだろう。

そう、最初にアルバートに再会した時と同じだ。私が魅了の解けた彼らを許容するのには、まだ時間が必要だと分かっているのだろう。

でも今、レオンが元気だと知って私はよかったなと思った。

赦せなくても、そう思うことのできる自分でよかったと思った。

しかしすぐに、どうして副作用がないのだろうかと首を傾げる。

「アルバートとセルジュは、副作用が出たと言っていましたよね？」

どうしてレオンにはそれがないのだろうか。それとも、時間が経ってから出てくる類《たぐい》のものなのだろうか。

アルバートも不思議なのか、腕を組んで首をひねっている。

「まあ、出ないなら出ないに越したことはない。一年ほど患《わずら》ったが、あれはなかなかに苦しかった」

どうやら、レイリに魅了を解かれてから大分ひどい思いをしたようだ。眉間に皺《しわ》を寄せて、めっ面《つら》をしている。

「元気なら、よかったです」

レオンにはこれから、傾きかけている領地の経営を立て直すという大事業が待っている。健康でも難しい仕事だ。領民のためにも、これ以上アンジェリカの術に煩わされてほしくない。

「あなたは副作用で、突然私を美しいだなんて言ってきましたものね」

その時のことを思い出して、つい笑ってしまう。

あの時は戸惑うだけだったが、笑えるということは私も少しずつ彼に心を許し始めているのかもしれない。

「あ、あれは！」

途端、慌てたようにアルバートが弁解してくる。

「た、確かに突然暴走したのは認めるが、全て本心だ」

「え?」

思ってもみない反撃に、思わず笑いが止まる。

「伝えただろう、俺の気持ちは。あの時だって、そりゃあ副作用とは全く関係ないと言ったらうそになるが、口にした言葉はすべて真実だ。俺はいつも、君を美しいと思っているよ」

突然美しいなどと言われ、返事に困ってしまう。

「何を言っているのですか。こんな……今はもうただの平民ですのに」

本当は直接口を利くことすらできないほどに私と彼の身分には隔たりがあるのだ。

「関係ない。セシリアはセシリアのままだ」

「今は、ピアだと言っているではありませんか」

分不相応だといくら言っても、アルバートは聞かない。

「もう、勝手になさってください。私は知りませんからね」

これ以上アルバートと話していると、心臓が持ちそうにない。私は彼に背中を向けて、その場を去ろうとした。

「いいさ。いつまでも言い続けるよ。やっと本当のことが言えるんだ。俺の——大切な人」

最後の言葉は本当にささやかで、すぐ近くにいなければきっと喧騒に紛れて聞き逃していたことだろう。

むしろなんで聞き取ってしまったのかと、後悔したくらいだ。

私は逃げるように、足早にその場から離れた。

「セシリア！」

少し離れた場所で、私を探していたらしいヒパティカにつかまる。

「どこに行ってたの？　あれ、セシリアなにかあった？」

青年へと成長したヒパティカだが、幼い口調はなかなか治らない。

「なにもないわ。どうして？」

先ほどの出来事を振り切るように、私はきっぱりと言った。

するとヒパティカは、不思議そうに首を傾げてこう言ったのだ。

「変なの。だってセシリア、顔が赤くなっているもの」

稚い彼に言い返すことも躊躇われ、私はその場にしゃがみ込んで羞恥に耐えたのだった。

明日出立だというのに、これからもアルバートと一緒だなんて大丈夫なのだろうか。

こうして私の旅は、大きな不安要素を抱えたまま続いていくのだった。

## 番外編　グリフォンは夢を見る

僕の名前はヒパティカ。素敵な名前でしょ？

セシリアが付けてくれたんだ。

セシリアって誰かって？

それは僕の、一等大切な魔女の名前だよ。

僕のような守護精霊は、魔女の誕生と共に生まれ出《いづ》る。そして一番近くで、お互いに助け合いながら生きるんだ。

レイリが言うには、それが魔女と精霊の間で交わされた太古からの約束なんだって。

レイリは、僕が目覚める手助けをしてくれたの。僕と同じ銀髪だから、並んでいるとまるで姉《きょう》弟《だい》みたいって言われる。

レイリのことは好きだよ。僕と同じ匂いがするもの。だけど時々、寂しそうな顔で僕を見る。なんでなのかなぁ。

小さな頃は、セシリアにだって僕の姿が見えたんだ。けれど『おうじのこんやくしゃ』ってのに選ばれてから、セシリアは変わってしまった。

毎日毎日お勉強。お庭で僕と過ごすよりも、本を開いている方が大切みたいだった。セシリアはだんだん僕なんていないみたいな態度をとるようになって、ついに僕のことなんて忘れてしまった。

悲しかったけれど、僕はセシリアの精霊だ。

だからずっと傍で、彼女を守っていられたら幸せだと思ってた。

けれどある時、そんな僕らの前にあの女が現れたんだ。

人間に擬態《ぎたい》した、性悪の魔女。歌で人の心を蝕《むしば》む魔女。

セシリアのお父さんは、あの魔女に魅入られてすっかり変わってしまった。セシリアのこともセシリアお母さんのことも、ひどくぞんざいに扱うようになった。元からラブラブな夫婦ってわけじゃなかったけど、その変わりようはあまりに突然で一方的だった。

セシリアは平気そうな振りをしていたけど、いつも陰で泣いていたのを僕は知っている。自分が優秀でさえあればお父さんの関心を取り戻せると信じて、より一層勉強に打ち込んでいたことも。

だから僕は、何度もセシリアに言ったんだ。

これは悪い魔女の仕業だから、セシリアもお母さんも何も悪くないんだよ――って。

でももう僕の声は、とっくにセシリアに届かなくなっていた。

それどころか、例の魔女の悪い魔法がどんどん家の中に満ちていって、僕はセシリアを守るだけで精一杯だった。

周りの人がつぎつぎ魔女の考えに染まっていって、セシリアはいっぱいいっぱい傷ついた。そして僕は、その様子をただ見ていることしかできなかったんだ。

辛かった。僕はセシリアを守るために生まれたのに、何もできない自分が悔しくてたまらなかった。

けれど僕はセシリアに事実を告げるどころか、セシリアを守るために少しずつ体が削れて、本来の姿にも戻れなくなって、もう消えてなくなってしまいそうだった。

セシリアとの別れも覚悟した。

不甲斐ない僕を許してほしいと、何度も何度もセシリアに謝った。

けれど僕は、消えなかった。

幸か不幸かセシリアが家を追い出されたことで、僕もそれ以上削られずに済んだんだ。

家を追い出されたセシリアは、苦労して隣の国までたどり着くと、今度はお母さんの世話をしながら毎日忙しく働くようになった。

せっかくお勉強をしなくてもよくなったのに、今度はお針子として通訳として前以上に忙しく、寝る間も惜しんで働いていた。

これでは僕の魔力だって回復のしようがない。

魔力に大切なのは魔女のたっぷりの睡眠と、くつろいだ気持ちと、愛し愛されていることなんだ。

あの邪悪な魔女の精霊もそうかは知らないけれど、少なくとも僕はそうなんだ。

だから僕は幽霊のようになって、ただセシリアの傍で見守ることしかできなかった。彼女が怖い思いをしているときも、つらくて声を押し殺して泣いている時も、強がってお針子仲間と喧嘩をしている時も、何もしてあげられなかった。

それがどんなに、悔しかったか。

けれどあの黒髪の男に再会してから、少しずつ状況が変わり始めた。

僕だって、あの男のことは好きじゃない。邪悪な魔女のせいとはいえ、セシリアにひどいことを言っていたもの。

けれど、あの男のセシリアを愛する気持ちが、僕に力を与えたのも事実。

消えかけていた僕に、その想いはとても心地よかった。だから悔しい、あの男を嫌いになり切れないから。

それからすぐにレイリと出会って、僕は魔力を分けてもらいもう一度セシリアに見てもらうことができた。

嬉しかった。何もできなかった僕だけど、あのまま消えたりしなくて本当によかった。

それからレイリの指示で、セシリアはたっぷり休息をとった。お母さんとも離れ、久しぶりの静かな時間だ。

どうしてこんなことをするのかわからないと言いながら、セシリアが穏やかな時間に心癒されていたことを僕は知っている。

だってそのおかげで、僕は本当の姿に戻ることができたんだから。

魔女に大切なのはたっぷりの睡眠と、くつろいだ気持ちと、愛し愛されていることなんだからね！

こうして魔女としての一歩を踏み出したセシリアは、母国に帰ってもう一度異母妹と対峙するという決断をした。

僕としては正直セシリアにはずっとのんびりと暮らしてほしいのだけれど、本人がそう決めたのだから精一杯サポートするよ。

敵の魔力を食べると、どうやら僕の力も強くなるみたい。

これからもっともっとあの女の魔力を食べて、セシリアの役に立つんだ。

だからセシリア、お願いだよ。

小さな頃みたいにもう一度、可愛らしい無邪気な笑顔を僕に見せてね。

# 脇役令嬢に転生しましたがシナリオ通りにはいかせません！

著：柏《かしわ》てん　イラスト：朝《あさ》日《ひ》川《かわ》日和《ひより》

乙女ゲームの世界に転生してしまったシャーロット。彼女が転生したのは名前もない悪役令嬢の取り巻きのモブキャラ、しかも将来は家ごと没落ルートが確定していた⁉

「そんな運命は絶対に変えてやる！」

ゲーム内の対象キャラクターには極力関わらず、平穏無事な生活を目指すことに。それなのに気が付いたら攻略対象のイケメン王太子・ツンデレ公爵子息・隣国の王子などに囲まれていた⁉　ただ没落ルートを回避したいだけなのに！

そこに自身を主人公と公言する第2の転生者も現れて——⁉

自分の運命は自分で決める！　シナリオ大逆転スカッとファンタジー！

# 身代わり伯爵令嬢だけれど、婚約者代理はご勘弁！

著：江本《えもと》マシメサ　イラスト：鈴《すず》ノ《の》助《すけ》

アメルン伯爵家の分家に生まれたミラベルは、容姿がそっくりな本家の従姉アナベルと時々入れ替わり、彼女の身代わりとして社交界を楽しんでいた。そんなある日、ミラベルは、アナベルから衝撃的なお願いをされる。

「あなたの大好きなジュエリーブランド“エール”のアクセサリーをあげるわ。代わりに、婚約関係でも“身代わり”になってちょうだい」

“エール”に目がないミラベルは思わず首を縦に振ってしまう。しかしその婚約相手は冷酷無慈悲で“暴風雪閣下”の異名を持っているデュワリエ公爵で……⁉

ちょっぴりおっちょこちょいな伯爵令嬢によるラブコメディ第一弾！

# 騎士団の金庫番
## ～元経理ＯＬの私、騎士団のお財布を握ることになりました～

著：飛野《とびの》 猫《ゆう》　イラスト：風《ふう》ことら

異世界に転移した経理ＯＬ・カエデは転移直後に怪物に襲われ、いきなり大ピンチ！　しかし、たまたま通りかかった爽やかな美形騎士フランツがカエデを救う。

なりゆきでフランツの所属する西方騎士団に同行することになったカエデは次第に彼らと打ち解けていく。同時に騎士団の抱える金銭問題にも直面する。経理部一筋で働いてきたカエデは持ち前の知識で騎士団のズボラなお財布事情を改善し始めるのであった――。

しっかり者の経理女子とイケメン騎士たちが繰り広げる、ほんわか異世界スローライフ・ファンタジーここに開幕！